面纱

The Painted Veil

[英] 威廉·萨默塞特·毛姆 著
陈隽 译

朝華出版社
BLOSSOM PRESS

图书在版编目（CIP）数据

面纱 /（英）威廉·萨默塞特·毛姆著；陈隽译．北京：朝华出版社，2025. 8. -- ISBN 978-7-5054-5576-4

Ⅰ. I561.45

中国国家版本馆 CIP 数据核字第 2025BG7424 号

面　纱

作　　者　[英] 威廉·萨默塞特·毛姆
译　　者　陈　隽

选题策划　刘幸子
责任编辑　张北鱼
责任印制　陆竞赢　訾　坤

出版发行　朝华出版社
社　　址　北京市西城区百万庄大街 24 号　　**邮政编码**　100037
订购电话　（010）68995509
联系版权　zhbq@cicg.org.cn
网　　址　http://zhcb.cicg.org.cn
印　　刷　三河市刚利印务有限公司
经　　销　全国新华书店
开　　本　880mm × 1230mm　1/32　　**字　　数**　225 千
印　　张　7.5
版　　次　2025 年 8 月第 1 版　　2025 年 8 月第 1 次印刷
装　　别　平
书　　号　ISBN 978-7-5054-5576-4
定　　价　39.80 元

"……这华丽的面纱，人们称之为生活。"[①]

① 出自雪莱1818年创作的诗歌《别揭开这华丽的面纱》（*Lift not the Painted Veil*，又译《别揭开这画帷》）。该句为诗歌首句，原文为"Lift not the painted veil which those who live call Life"。——译者注，后同。

目　录

第一章

她惊叫了一声。

“怎么了？”他问道。

尽管屋里拉上了百叶窗，光线昏暗，但他还是看出了她脸上突然露出的惊恐不安的表情。

“刚才有人推门。”

“可能是女仆吧，要不就是男仆。”

“他们不会在这个时候来的，他们知道午饭后我总要睡一会儿。”

“那会是谁呢？”

“应该是沃尔特。”她哆嗦着嘴唇低声说。

她指了指他的鞋。他想把鞋穿上，但是她的慌乱也影响了他，他紧张得笨手笨脚，偏偏鞋又偏紧。她不耐烦地轻叹了口气，递给他一把鞋拔。她套上了晨袍，光着脚走到梳妆台前，用梳子把乱蓬蓬的短发打理整齐。这时，他也系好了第二只鞋的鞋带。她又把外套递给了他。

“我怎么出去呢？”

“你还是再等一会儿吧，我出去看看是否安全。”

“不会是沃尔特，他从不会在五点前离开实验室。”

“那会是谁？”

他们压低了声音交谈。她全身颤抖。他意识到，一遇到紧急状况她就可能昏了头，这不禁让他有些生气。既然这地方不安全，她之前为何又信誓旦旦地说没问题呢？她屏住了呼吸，抓着他的手臂。他循着她的目光看去。他们站的地方面对着窗户，窗外就是走廊。百叶窗拉上了，而且都上了插销。他们看见白瓷的球形把手在慢慢转动，但是并没有听到走廊里有人经过。把手还在无声无息地转动，看着很吓人。一分钟过去了，还是没有任何声音。接着，他们看到另一扇窗户上的白瓷球形把手也鬼使神差、悄无声息地转了起来，这不禁让人毛骨悚然。太吓人了，被吓得崩溃的基蒂张嘴就要喊，他见状急忙一把捂住了她的嘴，把她的尖叫声闷在了手指之间。

一切还是那么无声无息。她两腿打战，整个人靠在他身上，让他不由得担心她会吓晕过去。他皱了皱眉，绷着下巴，把她抱到床上放下。她面无人色，而他尽管晒得黝黑，但此刻面色苍白。他站在床边，满脸不解地盯着那个白瓷把手。他们都没说话，不一会儿，她哭了起来。

“看在上帝的分上，别哭了，”他烦躁地低声说，“木已成舟，回不了头，我们只能咬牙硬撑。”

她回头找手帕。他看出了她的心思，把包递给了她。

“你的遮阳帽呢？”

“放在楼下了。”

“天哪！”

“我说，你得振作点。十有八九那不是沃尔特。他这时候回来干什么呢？他中午从不回家的，对吗？”

“是的。”

“我敢打赌，刚才那一定是女仆。”

她露出了一丝笑容。听着他浑厚亲切的嗓音，她松了口气，深情地握住了他的手。就这么过了一会儿，她总算平静了下来。

“你看，我们不能一直待在这儿，”他说，“你现在能站起来去走廊看看情况吗？”

“我站不住。”

“你屋里有没有白兰地？”

她摇了摇头。他皱着眉头，脸色阴沉了下来，心里愈发焦躁，不知如何是好。突然，她把他的手握得更紧了。

“要是他正在外面等着呢？”

他勉强挤出一丝微笑，尽量使自己的声音听上去温和可信。他很清楚这种音调会产生的效果。

“这不大可能。勇敢点，基蒂。怎么可能会是你丈夫呢？要是他一进门就看见大厅里有一顶陌生人的遮阳帽，上楼又发现你的房门反锁了，他一定会大吵大闹的。刚才一定是哪位仆人。”

现在她确实平静下来了。

“就算是女仆，那也让人烦心。”

“让她闭嘴倒是容易。必要时，我还可以拿上帝的那一套吓吓她。政府官员的身份是没什么优势，但是要用它办点事还是管用的。”

他说得肯定不会错。她站起身来，面对他张开了双臂。他把她搂在怀里，亲吻她的嘴唇，那狂乱欣喜的吻让她有些疼痛。她深爱着他。他松开了手，她走到窗前，拔开插销，将百叶窗拉开一条缝，向外看去。一个人也没有。她溜到走廊上，先看看她丈夫的衣帽间，再看看她自己的起居室，发现两个房间都空无一人。她回到卧室，朝他示意。

“没人。”

“我相信刚才那都是错觉。”

“别笑，吓死我了。你到我的起居室里坐一会儿，我去穿上鞋袜。”

第二章

他照她说的做了。五分钟后，她回来了。他正在抽烟。

“能不能给我来杯兑苏打水的白兰地？”

“好，我去按铃。”

“照情况来看，你应该没什么麻烦。”

按铃后，他们静等男仆应答，然后她吩咐了仆人一番。

“你打个电话给实验室，问问沃尔特是否在那儿，”她说，“他们认不出你的声音。”

他拿起听筒，向她问了号码，接通后问费恩医生在不在，然后放下了听筒。

“午饭后他就离开了，”他告诉她，“问问仆人他回来过没有。”

“我不敢。要是他回来过我却没有见到他，岂不是让人笑话。”

仆人送来了饮料，汤森给自己倒了一杯。他让她也喝两口，她摇了摇头。

“刚才那人要是沃尔特的话，该如何是好？”她问道。

“也许他根本不在乎。”

“你说沃尔特会不在乎？”

她的语调表明她根本不信。

“在我看来，他很腼腆。有些男人不愿当众吵闹。他足够理智，知道闹出丑闻没有任何好处。我根本不相信那是沃尔特，就算是他，我也觉得他不会轻举妄动。我想他会睁一只眼闭一只眼。”

她考虑了一会儿。

“他非常爱我。”

“那就更好了，你可以劝劝他。”

他冲她笑了笑，笑得很有魅力，让她无法抗拒。那源自他蓝色眼睛里的一抹笑意，慢慢地扩展到轮廓分明的嘴角，可以让人看到他那一口整齐精致的白牙。这种笑容非常撩人，足以融化她的心。

“我才不在乎，”她面露喜色地说，“我不后悔。”

“这都是我的错。”

“你为什么会来？看到是你我吃了一惊。”

“我情难自禁。”

“亲爱的。”

她朝他挨近了些，乌黑闪亮的眼睛深情地凝视着他，嘴巴微张，充满了渴望，他则是一把搂住了她。她意乱情迷地喘了一声，倒进了他的怀里。

“记住，我永远是你的依靠。”他说。

“和你在一起我很快乐，我希望你和我在一起时也能感受到同样的快乐。”

“你不害怕了？”

“我讨厌沃尔特。”她回答说。

他不知道该说什么好，于是就吻了吻她。她娇嫩的脸紧贴在他的脸上。

突然，他抬起她的手腕，看了看腕上戴的那块小金表。

“你猜我现在该做什么？”

“你想逃了？”她笑了。

他点了点头。她一下子和他抱得更紧了，但察觉到他执意要走，就松开了手。

“像你这样抛下工作不管，真是不像话。你快走吧。”

他禁不住这种诱惑。

“看上去你急着赶我走啊。”他轻声说。

“你知道我舍不得你走。”

她回答的声音低沉而又认真。听到这话，他满足地笑了。

“别再为那神秘的不速之客烦恼了，小心愁坏了你那漂亮的小脑袋。我确信那是女仆。如果有什么麻烦，我一定会帮你的。”

“看来你精于此道？”

他欣欣自得地笑了。

“那倒没有。不过不怕说句自夸的话——我肩膀上长着的脑袋很好使。”

第三章

她来到走廊上，看着他离开。他冲她挥了挥手。望着他，她不由得怦然心动。他虽然已经四十一岁了，但是他的体态依旧优美，步伐如年轻人般矫健。

走廊遮在阴影里。她慵懒地踱着步，因为得到了爱情的满足而心情舒畅。他们的房子位于跑马地①的山坡一侧。中意的房子在太平山顶②，但价格高昂，他们负担不起。她心不在焉的，没留意那蔚蓝的大海和港湾里密密麻麻的船只。她的心思完全为她的情人所占据。

毫无疑问，他们今天下午所做的事情实在太鲁莽了，但是如果他主动示爱，她又怎么顾得上小心谨慎呢？他之前已经来过两三次了，每次都是午饭后来，那是一天中最热的时候，没人会想在那时候出门，因此连男仆也没看见过他。在香港一切都不容易。她讨厌这里，每次走进域多利道③旁边他们幽会的那间脏乱的小房子，她都会紧张不已。这间房子的主人是个古董商，附近常有一些闲坐的人不怀好意地盯着她看；那个把她带到店铺后面，领着她爬上昏暗不明的楼梯的老头，满脸阿谀奉承的笑容令她作呕。老头带她进入的房间散发着霉臭味，靠墙摆着一张木质大床，这让她恐惧不已。

“这里实在太脏了，你不觉得吗？”第一次和查利在那儿幽会

① 跑马地（Happy Valley）：位于香港特别行政区湾仔区中南部，又称快活谷。

② 太平山顶（Victoria Peak）：是集观光、娱乐、购物于一身的香港旅游名胜。

③ 域多利道（Victoria Road）：香港主要道路之一，位于香港岛西岸。

时，她忍不住如此抱怨。

“你一进来，整个房子都焕然一新了。”他回答。

当然，他把她揽入怀中的那一刻，这一切不快都烟消云散了。

唉，可惜她不是自由身，他们俩都有家室。她一点也不喜欢他的妻子。基蒂把凌乱的思绪停留在多萝西·汤森身上。叫“多萝西”这个名字实在是不幸，听上去就老气横秋的。她应该至少三十八岁了，但是查利从不提她。他当然没把她放在心上，他肯定对她厌倦极了。但是查利是个绅士，想到这儿，基蒂满怀怜爱地露出嘲讽的笑容：他就是这样的人，迂腐的傻瓜——就算对妻子不忠，也绝不会说她一句坏话。多萝西个头挺高，比基蒂更高，不胖不瘦，长着一头浓密的浅棕色头发。除了年轻时风华正茂，恐怕这辈子都不会有人说她漂亮。她相貌平平，并不出众，蓝眼睛看上去很冷漠。皮肤差得让人不忍再看，脸上也没有红晕。她的穿着倒是和她的身份相称——一个香港助理辅政司的太太。想到这儿，基蒂不由得笑了，轻轻地耸了耸肩膀。

当然，没人能否认多萝西·汤森的声音很是悦耳。她还是个称职的母亲，查利也这么评价她，她就是基蒂母亲口中所说的那类淑女吧。但是基蒂不喜欢她，不喜欢她漫不经心的态度。去她家吃饭或喝茶时，她的那种待客礼仪令人生厌，因为你会觉得实际上她没把你放在眼里。基蒂认为，恐怕她唯一在乎的只有她的孩子们：她有两个儿子在英国读书，明年准备把另一个六岁的儿子也送回英国。她的脸上就像戴着一张面具，虽然以笑脸待人，礼数周全，谈吐符合身份，热情亲切，却总让人觉得有所隔阂。她在这块殖民地有几个密友，都对她很是仰慕。基蒂不知道汤森太太会不会觉得她地位太低，想到这儿，她不禁脸红了。归根结底，汤森太太可没什么资格摆架子。确实，她的父亲曾任港督，在位期间的确风光无限——他一进门，每个人都会起立相迎；他坐车经过时，人们也都脱帽致敬——但是一旦退休，再没有谁比退休的港督更不足挂齿了。多萝西·汤森的父亲现在住在伯爵府区[①]的一座小房子里，靠养老金度日。如果基蒂的母亲受邀去那里做客，她一定会觉得无聊至极的。基蒂的父亲叫伯纳德·加斯廷，是英国王室的法律顾问，有朝一日荣升法官也在情理之中。毕竟，他们可是住在南肯辛顿[②]。

① 伯爵府区（Earls Court）：位于伦敦西区，每年都会举办数百场展览会、国际会议以及演唱会等，以吸引来自世界各地的参观者。

② 南肯辛顿（South Kensington）：英国伦敦市中心偏西部肯辛顿—切尔西区中的一个地区，是伦敦著名的富人区。

第四章

基蒂婚后来到香港，当她发现她的社会地位取决于丈夫的职务时，她感到很难接受。当然，所有人都很友善，一连两三个月，他们每晚都要外出参加宴会。当他们去总督府赴宴时，总督就像迎接新娘一样接待她。不过很快她就明白了一个道理：作为政府聘用的细菌学家的妻子，她根本不足轻重。这让她恼怒不已。

“实在太荒唐了，”她向丈夫抱怨道，“唉，如果把这儿的人请回家里，那么不到五分钟，家里就无聊透了。我母亲绝不会请这些人到家里做客的。”

“别为这事心烦，”他回答说，“真的，这没什么大不了的。”

“当然没什么大不了的，这只能说明他们有多愚蠢，但是想想在英国时常去我们家的都是些什么人物，而在这儿，我们却被当作垃圾。这实在太可笑了！”

“从社交的角度来说，科学家跟不存在没什么区别。”他笑道。

她现在知道这话的意思了，但是结婚时她却全然不知。

“真没想到，半岛东方轮船公司[①]的代理人居然会请我们吃饭，我很高兴。”她说完笑了起来，想让这话听上去没那么势利。

也许他察觉到了她故作轻松背后的责备之意，于是他拉着她的

---

① 半岛东方轮船公司（Peninsular and Oriental Steam Navigation Company）：成立于1840年，是英国老牌航运公司。2006年旗下三个子品牌为迪拜世界港口公司（DP World）收购，其轮运业务也为马士基航运（Maersk Line）所收购。

手，不好意思地握了握。

“真对不起，亲爱的基蒂，别为这种事生气了。”

“哦，我才不会呢。”

第五章

那天下午的不速之客不可能是沃尔特，一定是哪个仆人，那就无关紧要了。其实这些仆人心知肚明，不过他们会守口如瓶。

每当想起那只白瓷球形把手缓慢转动的场景，她就心跳加速。他们不能再这样冒险了，还是去古董店更安全。就算有人看到她进去，也不会怀疑什么，所以他们在那儿绝对安全。古董店店主认识查利，他不会蠢到去触助理辅政司的霉头。再说了，只要查利爱她就够了，其他事又有什么关系呢?

她转身离开了走廊，回到了起居室，坐在沙发上，伸手拿了一支香烟。突然，她看见一本书上放着一张字条。她把字条打开，里面的留言是用铅笔写的。

亲爱的基蒂：

这是你要的书。我本想亲自送去，但恰巧遇见了费恩医生。他说他会回家一趟，顺路给你捎回去。

V. H.

她按了铃，叫来了男仆，问他是何人何时把书带回来的。

“是老爷带回来的，太太，时间是午饭后。”他回答道。

这么说来，那人就是沃尔特。她立即给辅政司办公室打了电话找查利，并告知他她目前发现的情况。电话里他沉默了一会儿，没有回答。

“我该怎么办？”她问。

“我正在开一个重要的咨询会，现在不方便和你说话。我建议你静观其变。”

她放下了听筒。她知道他身边还有其他人，她对他忙于公务这件事无法忍受。

她重新在桌子旁坐了下来，双手托着脸，想理清楚当前的处境。沃尔特当时很有可能认为她是在午休：没有任何理由她不能锁门。她试着回忆当时他们是否在说话。他们肯定没有大声说话。还有那顶帽子，查利真是疯了，居然把它留在楼下。不过此举纯属正常行为，事到如今，责备他也于事无补，而且没有迹象表明沃尔特注意到了它。沃尔特很可能来去匆忙，把书和字条放下后就赶去赴约——和他工作有关的约会。诡异的是，他为什么会尝试开门又推窗？按他的性格，如果他认为她在午休，那么他是不会去打扰她的。她当时可真够蠢的！

她晃了晃身子，心头再次涌起那股甜蜜的痛苦。每当想起查利，她都会有这种感觉。这一切都是值得的，他说了会站在自己身边，就算最糟糕的情况出现……好吧，沃尔特要是想吵，那就让他吵吧。她已经有了查利，还担心什么？也许沃尔特知道了反倒是件好事。她从来就没爱过沃尔特，自从爱上查利后，和丈夫亲热只会让她感到厌倦。她不想再和他有任何关系了。她看不出他能拿出什么证据。如果他指责的话，她就否认；如果情况不利，不容她再否认，那她就告诉他真相，告诉他这一切都怪他。他想怎么样就怎么样吧。

第六章

婚后不到三个月，她就知道她嫁错了人，但这个错误的主要责任在她母亲。

房间里挂着一张她母亲的照片，基蒂焦虑、疲惫的目光落在了照片上。她不知道为什么自己会把照片挂在这里，因为她并不太喜欢自己的母亲。家里还有一张她父亲的照片，放在楼下的大钢琴上，是他被任命为王室律师时拍的，所以照片上的他戴着假发、穿着长袍。即使穿戴如此，他也没有看上去更威严一些：他瘦弱干瘪，眼神空洞，嘴唇很薄，上唇偏长。爱开玩笑的摄影师让他放松些，可他只会摆出一副正襟危坐的样子。他嘴角略向下弯，目光呆滞，这为他平添了几分忧郁之态，但加斯廷太太认为这令他看上去更具法官的威严，所以从他众多的照片中选中了这一张。在加斯廷太太本人的照片上，她穿着和当她先生被任命为英国王室的法律顾问后，她受邀进入王宫时一样的服装：一身天鹅绒的长裙，衬得她雍容华贵；裙摆很长，更显得她仪态万方。她头戴羽饰，手捧鲜花，站得笔直。她年届五十，瘦小平胸，颧骨突出，鼻子大而端正。基蒂总觉得她那一头浓密柔顺的黑发就算没染过色，她也一定将其精心打理了一番。她身上最引人注目的地方就是那一双好看而又似乎从不消停的黑眼睛：当她和你说话时，尚未长出皱纹的黄脸上是一副冷漠之色，那双眼睛总在四处张望，令人很不自在。它们会从你身上的某一个地方移到另一个地方，又移到屋子里的其他人身上，最后又回到你身上。它们让你觉得她是在批评你、评价你，同时在审视她身边的每一个人，而她嘴上说的话和心里想的却毫不相干。

第七章

加斯廷太太是个强硬冷酷、控制欲强、野心勃勃而又吝啬的蠢女人。她的父亲是利物浦的一位事务律师，共有五个女儿。伯纳德·加斯廷在参加北部巡回审判时与她相识。彼时，他看上去像个有为青年，她父亲也认为他前途光明。然而事与愿违，他刻苦勤勉，能力卓越，却无意晋升，加斯廷夫人为此看不起他。但她痛苦地意识到，夫荣方能妻贵，于是逼丈夫向着她为他规划好的目标努力。她责备他时绝不留情面。她发现，如果想要他做些违背他心意的事，只要絮叨得他不得安宁自会就范。她自己则不断与那些可能帮得上忙的人培养感情，巴结那些给她丈夫送案情简报的事务律师，与他们的太太们套近乎，对法官及其夫人奴颜奉承。她特别看重那些有望当权的政客。

二十五年来，加斯廷太太从未因为喜欢谁而请人到家里做客。她定期举办大型宴会。尽管她野心勃勃，却很小气，不舍得花钱。她自诩只花一半的钱就能办成和别人同样盛大的宴会。她发起的晚宴往往费时冗长、菜肴精致，但却能省则省。她不信客人们在谈天说地、大快朵颐之时还能察觉到酒的优劣。所以她用餐巾纸遮住瓶身，为客人们斟满冒着泡沫的摩泽尔[①]白葡萄酒，心想客人们准会认为这是香槟。

伯纳德·加斯廷的律师业务规模不大。有些在他之后获得律师资格的人，生意早已远胜于他。加斯廷太太逼他竞选议员，竞选费用由政党承担，可是她的吝啬再次毁了她的雄心壮志，她不愿拿出足够

① 摩泽尔（Moselle）：法国地名，盛产起泡型白葡萄酒。

的钱来讨好选区的全体选民。候选人向名目众多的基金会捐赠是理所当然的事，但是伯纳德·加斯廷每次捐赠的金额总比合适的金额少一些，落选也就顺理成章。若能成为议员的妻子，加斯廷太太自然会觉得风光无限，但现在她还是坚强地咽下了败选的苦果。丈夫参选之后，她结识了不少显要人物，并对个人社会地位的提升沾沾自喜。她心里明白，伯纳德永远不可能进入议会。让他参选的目的，不过是希望他所属的政党对他心怀感激，为两三个即将落入他党之手的席位拼搏一把，这肯定能让全党对他感恩戴德。

许多后辈都已经成为王室律师了，然而伯纳德依然是个初级律师。她觉得他也必须当上王室律师，不仅是因为只有如此他才有希望当选法官，也是为了她：每次赴宴都跟在比她年轻十岁的女人身后，她早已觉得颜面扫地。然而在这件事上她丈夫执意不肯，这种执拗她多年来都无法习惯。他担心在成为王室律师后，他就会无事可做，还劝她二鸟在林不如一鸟在手。她反驳说，使用谚语作为借口，不过是思想贫乏者最后的托词。他告诫她，当上王室大律师，他的收入有可能因此折半。没有什么比这更有说服力了。她却听不进去，还怪他懦弱胆小，不依不饶地和他争论，最终还是以她丈夫的屈服收场。他申请担任王室律师，很快就得到了任命。

他的担忧最终变为了现实。成为王室律师后，他的事业毫无进展，所接的案子寥寥无几[①]。但是他将失望的情绪藏在心里，即使对妻子不满，也不过是在心里责备几句。他变得更加沉默寡言，不过家人们早已习惯他这样了，谁也没在意。女儿们只把他看作全家收入的来源：作为父亲，为了一家老小的衣食住行和一切零星开销而任劳任怨是理所应当的。现在她们意识到，由于父亲的过错，家里的收入少了，于是在对他冷漠之余，还多了几分恼怒的轻蔑。这个身材矮小、

① 英国王室大律师地位较高，每年的授予代式都是一场盛会，律师的家人们可以盛装出席。但大律师并不能直接接受当事人的委托，而是接受小律师的委托，所以案子会变少。

沉默寡言的男人，每天早早出门，晚上匆匆回家，只赶得上更衣去吃晚饭，她们却从不设身处地地体会他的感受。对她们来说，他就像个陌生人，但因为他是父亲，她们觉得他爱她们、呵护她们是天经地义的事。

第八章

加斯廷太太身上有一种勇敢的、令人敬佩的品质。在希望破灭后，她深感屈辱，但在朋友圈这个小天地里她绝不让人察觉。她的生活方式也没有变化。精心谋划之下，她依然像之前那样举办盛大的宴会。与朋友们相处时，她也一如既往地欢快高兴，这方面她早已训练有素。她谈锋甚健，无论是在任何社交场合，谈资都能信手拈来，而且左右逢源。在不善闲谈的客人面前，她总能找到时新的话题；在冷场的情况下，她也能随时找到合适的话题化解尴尬的局面。

现在看来，伯纳德·加斯廷是不可能当上高等法院的法官了，但是他还有希望担任地方法官的职位，再不济也有可能在殖民地任个一官半职。另外，丈夫被任命为威尔士某个城镇的刑事法院法官也让她欣慰不已。现在她把希望都寄托在女儿们的身上了，指望着为她们撮合良缘，来补偿她不得志的人生。她有两个女儿：基蒂和多丽丝。后者姿色平平，鼻子过长，体态臃肿，加斯廷太太对她不抱厚望，指望着她能嫁个家境富裕、工作稳当的年轻人就可以了。

但是基蒂从小就是个美人坯子：一双大眼睛，乌黑闪亮、水汪汪的，一头棕色卷发泛着红色的微光，皓齿齐整，皮肤细腻。她的相貌并非十分端正，因为下巴过方，鼻子偏大，只是没有多丽丝那么明显。她之所以光彩照人，很大程度上是因为她正值青春年华。加斯廷太太意识到，一定要让女儿在含苞待放的妙龄之际找到如意郎君。基蒂初入社交圈，就惊艳了众人：她的皮肤吹弹可破，睫毛长而妩媚，明眸熠熠生辉，看上一眼就会为之倾倒。她欢快活泼，富有魅力，讨人喜欢。加斯廷太太将全部母爱都倾注在她身上，可是其中夹杂着冷酷严苛、精于算计的成分，而冷酷算计正是她的长处。她野心勃勃，她所期待的不仅是希望女儿找到良缘佳婿，更是希望女儿嫁入豪门。

基蒂从小就知道自己美貌可人，她对母亲的宏伟蓝图不但从未质疑，反而觉得很合心意。她在母亲的引领下踏入了社交圈。加斯廷太太大显神通，想尽办法获得参加各类舞会的邀请，期望她女儿能借此良机觅得佳婿。基蒂显然没有辜负母亲的厚望。她貌美如花，幽默风趣，不久就有十几个男子拜倒在她的石榴裙下。可她一个也看不上眼，只好与之若即若离，绝不轻言相许。每到周日下午，南肯辛顿的客厅里就会挤满怀着柔情蜜意的多情男子，而加斯廷太太则面带冷酷，冷眼旁观。她发现根本不用她费力气，这些人就会和基蒂保持距离。基蒂早有准备，她一边与他们调情，一边刺激他们争风吃醋，可是一旦有人向她求婚——几乎每个男子都这么做过——她准会得体而又明确地拒绝。

基蒂就这么度过了踏入社交圈后的第一个年头，可是理想中的求婚者并没有出现，第二年同样如此。不过她还年轻，大可以坐待良缘。加斯廷太太和朋友们说，一个如花似玉的二十一岁芳龄的姑娘，这么早嫁人未免可惜。但是转眼间第三年、第四年也过去了。两三个曾经的爱慕者再次向她求婚，可他们还是一文不名；一两个小伙子也向她求爱，但他们的岁数比她还小；一位曾在印度任职、曾获爵级司令勋章①的老头也来凑热闹，他已经五十三岁了。基蒂依然参加各种舞会。她去过温布尔登②和洛兹③，

---

① 爵级司令勋章（KCIE）：大英帝国勋章分民事和军事两类，共设5种级别，分别为：爵级大十字勋章（Knight/Dame Grand Cross，男女皆简称“GBE”）、爵级司令勋章（Knight/Dame Commander，男性简称“KBE”，女性简称“DBE”）、司令勋章（Commander，简称“CBE”）、官佐勋章（Officer，简称“OBE”）、员佐勋章（Member，简称“MBE”）。

② 温布尔登（Wimbledon）：位于英国伦敦南部，因每年一度举办网球赛事而闻名于世。

③ 洛兹（Lord's）：板球场名，位于伦敦北部。

受邀前往过阿斯科特[1]和亨利镇[2]，她似乎乐此不疲，但还是没有哪个在收入和地位方面都让她心动的男人向她求婚。加斯廷太太开始着急了，她注意到被基蒂吸引的男人的年龄逐渐超过了四十岁。她提醒女儿说，再过一两年她就会姿色渐衰，而社交场上从不缺比她年轻貌美的姑娘。加斯廷太太在家里说话一向直言不讳，她尖刻地警告基蒂说，她已经没有市场了。基蒂耸了耸肩。她觉得自己和之前一样漂亮，可能还更美，因为这四年来她学会了如何穿衣打扮，而且她还有的是时间。她要是为了结婚而嫁人，会有一群小伙子跃跃欲试的。毫无疑问，她的意中人迟早会出现的。但是加斯廷太太对现状的判断更加精准，她为貌美的女儿错失机会而满腔怒火，不得不降低了择婿标准。她将目光转向了之前不屑一顾的职场人士，想找到一位她看好的前途光明的律师或商人来娶她女儿。

转眼基蒂二十五岁了，却依然待字闺中。加斯廷太太恼怒不已，经常冲着基蒂发泄心中不满。她责问基蒂还指望父亲养她多久。父亲为了给她创造机会，大把大把地花钱，几近入不敷出，可她却没有把握住。然而，加斯廷太太从没想过，或许正是她的过分殷勤把那些富家子弟或名门贵族之后吓得止步不前。她认为基蒂之所以嫁不出去，纯粹是因为她的愚蠢。不久，多丽丝也踏入了社交圈。她的鼻子还是很长，体形不雅，舞技拙劣。然而，第一年她就与杰弗里·丹尼森订婚了。杰弗里是家中独子，其父是个杰出的外科医生，战时被授予准男爵爵位[3]，他是爵位继承者。虽说一个有爵

① 阿斯科特（Ascot）：英格兰南部城镇，位于温莎西南方，其赛马场是一年一度赛马会的举办地。

② 亨利镇：指（泰晤士河畔）亨利（Henley，亦作 Henley-on-Thames），英国牛津郡东南部城镇，每年在此地举行国际划船比赛。

③ 英国的爵士封号分成七级，分为贵族（peerage）与平民两大部分。除了英国王室以外，贵族分为五等，分别为 Duke（公爵）、Marquess（侯爵）、Earl（伯爵）、Viscount（子爵）、Baron (or Lord)（男爵）；另外还有两种封号：准男爵（Baronet）与骑士（Knight），他们属于平民，而非贵族。

位的医生不算多风光，但是，感谢上帝，爵位毕竟是爵位——何况他还将继承一笔丰厚的财产。

慌乱无措中，基蒂只好嫁给了沃尔特·费恩。

第九章

基蒂认识沃尔特的时间不长，之前也没有特别注意他，她都不知道他们是何时何地初次相遇的。直到订婚后他才告诉她，他们的初次见面是在某次舞会上，是他的朋友们带他去的。基蒂当时肯定没留意他，和他跳舞也不过是因为她随和亲切，只要有人邀请，她都欣然相伴。一两天后，在另一场舞会上，他走过来和她说话，而她根本就没认出他。此后她才注意到，只要是她参加的舞会，都能看到沃尔特的身影。

“我和你跳舞跳了不下十几次了，你总得告诉我你叫什么名字吧？”有一天，她笑着问他。

他显然吃了一惊。

“你的意思是你一直不知道我的名字？别人介绍我们认识的时候，曾经说过的。”

“哦，可是有些人说话含糊不清。要是你不知道我的名字，我一点也不会感到惊讶。”

他冲她笑了笑，脸色凝重，略带严肃，但是笑容温和。

“我当然知道你的名字。”他沉默片刻后问道，“难道你不好奇吗？”

“我和大多数女人一样，好奇心很强。”

“那你就从没想过向别人打听我的名字？”

她觉得有点好笑。她不明白，他为什么会认为她会对他的名字感兴趣呢？但是她不愿拂了他的心意，于是带着满脸灿烂的笑容看着他。她那双美丽的眼睛仿佛树林深处的清潭，露出动人的善意。

“好吧，那你叫什么名字呢？”

“沃尔特·费恩。”

她不知道他来参加舞会的目的，他的舞跳得并不好，认识的人也不多。她曾闪过一个念头：他爱上自己了。但随后她又耸了耸肩，打消了这个念头。她认识的一些女孩总以为遇到的每个男人都会爱上自己，最终发现不过是自作多情。但是她还是对沃尔特·费恩稍加留意了。他的表现和那些爱慕她的青年明显不同。大多数年轻的追求者都毫不掩饰地向她表白，还想吻她——不少人还真的这么做了。但是沃尔特·费恩却从不与她甜言蜜语，也很少谈起他自己的情况。他总是沉默寡言，她也不介意，因为她总能说个不停。每当她看到自己几句玩笑话就逗得沃尔特捧腹不已，她就很是高兴。而他偶尔开口也让人觉得谈吐不俗。显然，他非常腼腆。他似乎是在东方地区工作，目前回国休假。

一个周日的下午，他突然造访了基蒂在南肯辛顿的家。当时还有十几位客人，他坐了一会儿，显得局促不安，然后就离开了。加斯廷太太向她打听他的情况。

“我答不上来。是您请他来的吗？”

“是的，我是在巴德利家遇见他的。他说你们在舞会上见过好多次面。我告诉他，每逢周日我都在家里，欢迎他来做客。”

“他姓费恩，好像是在东方地区工作。”

“是的，他是一名医生。他是不是爱上你了？”

“说实话，我不知道！”

“我还以为你已经能够判断是不是有人爱上你了。”

“就算他爱上了我，我也不会嫁给他。”基蒂轻蔑地说道。加斯廷太太没有接腔，但是她心里不悦，这将沉默的气氛变得凝重。基蒂脸红了，她明白母亲现在已经不在乎她嫁给谁了，只要能尽快把她嫁出去就行。

第十章

接下来的一个星期，他们又在三次舞会上相遇了。他逐渐不再那么腼腆了，也更健谈了。他是个医生，但并不执业。实际上，他是个细菌学家（基蒂对这份工作的所知非常有限），目前在香港工作，打算秋天时回到香港。他对中国的情况谈得很多。无论别人说什么，基蒂都会一副洗耳恭听的样子。不过，听上去香港的生活确实有趣，俱乐部、网球场、赛马场、马球场、高尔夫球场等一应俱全。

“那儿的人们常举办舞会吗？”

“是的。”

她想知道，沃尔特对她大谈香港是不是带着什么目的。他似乎喜欢与她来往，但没有过哪怕最细微的示爱之举，比如牵一下手、递个眼神，或是言语表白什么的。或许在他看来，她就是个萍水相逢的女舞伴。第二个星期日，他又去他们家拜访。那天正好下雨，基蒂的父亲无法外出打高尔夫，只好待到家里。他和沃尔特·费恩详聊了一番。后来，她问父亲两人都谈了些什么。

“听他说，他是被派驻香港的。那儿的首席法官是我在律师界的旧识。看得出他是个很聪明的年轻人。”

她心知肚明，为了她和多丽丝，父亲不得不招待她们的那些追求者，他早已厌倦不堪。

“父亲，您看得上追我的年轻人，这可很少见。”她说。

父亲那双带着倦意的眼睛慈爱地看着她。

“你打算和他结婚吗？”

“当然不了。”

"他是不是爱上你了？"

"他没表现出来。"

"你喜欢他吗？"

"不太喜欢，这人挺无趣。"

他根本不是她喜欢的类型。他个头矮小，身材瘦小，也不结实。他五官端正，棱角分明，肤色偏黑，胡须刮得很干净。他的眼睛不大，眼珠基本是黑色的，凝视物体时直愣愣的，略显呆滞；眼睛里充满好奇，但令人不悦。他的鼻子小巧挺拔，眉毛纤细，嘴巴轮廓分明。就凭这样貌，他本该是个英俊倜傥的人物，可奇怪的是他并不好看。想起他时，基蒂惊讶地发现他的五官单独来看都属上乘，但拼在一起就不那么吸引人了。他的脸上总是一副尖酸讥讽的表情。随着对他的了解逐渐增多，基蒂愈发觉得他过于严肃，和他相处并不自在。

社交季节已近尾声。他们俩见过很多次面，但他还是一如既往的冷淡，令人捉摸不透。和她在一起时，沃尔特并不羞涩，倒是有点手足无措，但说起话来还是那么冷漠生分。基蒂得出结论：他一点也不爱她，只是喜欢她，觉得她是个交谈的好对象。一旦十一月他回到中国，他就不会再想起她了。她甚至觉得，说不定他早就和香港某家医院的护士订了婚。那女孩想来是个牧师的女儿，呆板愚笨、长相平平，天生一副扁平足，只会埋头做苦活，与他简直天生一对。

不久，多丽丝与杰弗里·丹尼森宣布订婚了。多丽丝刚满十八岁就找到了自己的真命天子，而她二十五岁了，仍然孑然一身。难道她嫁不出去了？今年唯一向她求婚的是个还在牛津读书的二十岁的小伙子，而她接受不了嫁给一个比自己还小五岁的男孩。她曾干了件蠢事：去年，她拒绝了一位丧偶男士的求婚，他获封巴斯骑士[①]，有三

---

① 巴斯骑士（Knight of the Bath）：最尊贵的巴斯勋章（The Most Honorable Order of the Bath，旧称最尊贵的巴斯军事勋章），由乔治一世在1725年5月18日设立。"巴斯"（Bath）一词来自中世纪时代册封骑士的其中一种仪式——沐浴，象征着净化。只有通过斋戒、守夜和祷告之后得到内心净化的骑士才得以受封，以这种方式册封的骑士称为"巴斯骑士"。

个孩子。现在想来，她有点后悔。母亲现在对她的态度更糟了。多年来，母亲一心想为她觅得美满姻缘，不惜牺牲了多丽丝，现在多丽丝可以得意扬扬地在她面前耀武扬威了。想到这儿，基蒂的心情极度低落。

第十一章

一天下午，基蒂从哈罗德百货公司[①]步行回家，走到布兰普顿路时，巧遇了沃尔特·费恩。他停下脚步和她攀谈，然后他漫不经心地问她愿不愿意去公园走走。家里气氛不对，所以她并不急着回家。他们一路漫步，天南海北地说东道西。他问她夏天打算去哪儿。

“哦，我们通常都去乡下待着。我父亲干完一任法官后，变得疲惫不堪，所以我们得找个最安静的地方休息一段时间。”

基蒂这话说得言不由衷，因为她心里清楚，父亲其实并没有什么工作要做，更说不上为此筋疲力尽了。而且即使父亲有心度假，他在地点的选择上也没有发言权。之所以选择“最安静”的地方，是因为那儿最省钱。

“我们到那边的椅子上坐坐吧？”沃尔特突然说道。

她顺着他的目光看去，只见树下有两把绿色的椅子。

“好吧，我们去那里坐一会儿。”她说。

可是当他们坐下后，沃尔特却莫名其妙地开始心不在焉。她想他真是个怪人。她兴致勃勃地说个没完，边说边想他为什么邀她来公园散步。难道是要和她聊聊他和那个香港的扁平足护士之间的感情？突然他转过身来面对着她，她吃了一惊，把说了半截的话咽了回去。她看出他压根没听她说了什么。他的脸变得煞白。

“我有话想和你说。”

① 哈罗德百货（Harrods）公司：世界上最负盛名的百货公司，经营奢华的商品。

她迅速看了他一眼，发现他的眼里满是痛苦和焦虑。他的声音低沉发紧，有点哆嗦。但她还没来得及意识到这种焦虑是何故，他又开口了。

“你愿意嫁给我吗？”

她大吃一惊，茫然地看着他：“这太突然了！”

“我非常爱你，你看不出来吗？”

“你从来没有表现出来。”

“我这人笨嘴笨舌的，说起话来总是词不达意。”

基蒂的心跳稍微加速了。之前不少人向她求过婚，有的兴高采烈，有的温柔多情，她都用同样的方式予以回复。但从来没有一个人用这种唐突的，还带着些莫名其妙的悲剧色彩的方式向她求婚。

“谢谢你。”她带着疑虑，重重地说。

“第一眼见到你的时候，我就爱上你了。我早就想对你表白，但开不了口。”

“我也说不准你刚才的方式好不好。”她笑了。

逮着机会笑上一阵，也让她松了口气。原本是阳光明媚的日子，他们却突然被笼罩在一种沉闷压抑的氛围中。他眉头紧锁，脸色阴沉。

“你明白我的心意。我不想希望破灭，但是你马上就要去度假了，秋天时我也该去中国了。”

“我可从没想过你会这么做。”她茫然不知所措地说道。

他不再作声了，低下头阴郁地看着草地。他真是个怪人，可是既然他已经表明了心意，那么她反倒觉得有些新奇，毕竟像他这样的求婚方式，她之前可没遇见过。她有点惊慌，但又心有窃喜。他木讷的样子或多或少打动了她。

“你得给我点时间考虑一下。”

他还是没有接腔，坐着一动不动。难不成他非要逼她当场表态吗？这太荒唐了！她必须征求母亲的意见。她刚才说话时应该站起来的，但她以为他会有所回应，就坐着没动，而现在，也不知道为什么，她觉得自己很难脱身了。她不看他，但心里琢磨着他的外表。她从没想过要嫁给一个不比自己高多少的男人。她坐在他身边时，不难看清他相貌清秀，但是表情冷若冰霜。令人奇怪的是，她又会情不自禁地感受到他内心澎湃汹涌的情感。

“我对你不了解，一点也不了解。”她颤抖着声音说道。

他看了她一眼，她马上就被那一眼吸引住了。他的眼里饱含她从未见过的柔情，同时流露出某种哀求之意，就像挨了鞭子的狗一样委屈，这又让她心里不悦。

“我想，了解会越来越深的。”他说。

“你很腼腆内向，是吧？”

这恐怕是她经历过的最古怪的求婚了。即便此时，她仍然觉得两人之间的谈话内容和这种场合格格不入。她一点也不爱他。她不明白她为什么没有明确拒绝他呢？

“我真笨，”他说，“我想告诉你，我爱你胜过世上一切，但话到嘴边又无法开口。”

说来也奇怪，这话莫名其妙地打动了她。显然，他并不冷漠，只是行为举止容易让人产生这种误解。此时此刻，她觉得她比以往任何时候都喜欢他。多丽丝十一月就要结婚了，而沃尔特那时也要回中国去，如果她答应嫁给他的话，就能与他结伴而行了。在多丽丝的婚礼上当伴娘可不是件愉快的事，如果能够避而不去，何乐不为呢？否则多丽丝嫁为人妇，她却孤身一人！每个人都看得出多丽丝的青春年少，相比之下，只会显得她是个嫁不出去的老姑娘。嫁给沃尔特算不上什么美满的姻缘，但总算成婚了，而且结婚后在中国生活，也能让她在家里的处境得以改善。她实在受不了母亲那不饶人的嘴。与她同时进入社交圈的女孩们早已结婚，大多数还当了母亲，她才不愿去看望她们，与她们闲聊育儿经呢！沃尔特·费恩给她提供了一种全新的生活方式。她转过身，冲他莞尔一笑，她很清楚这笑容的杀伤力。

“要是我现在就答应嫁给你，你打算什么时候娶我呢？”

闻听此言，他兴奋得猛抽了一口气，苍白的脸颊涨得通红。

"马上！立刻！越快越好！我们去意大利度蜜月，八月和九月就在那儿待着。"

果真如此，这样她就不用再和父母一起，在每周租金五个几尼[1]的乡间牧师住所度过整个夏天了。一瞬间，她在脑海中似乎看见了《晨报》上登出的声明：新郎即将返回东方，婚礼不日举行。母亲一定会大肆宣扬的，在这一点上她太了解了。至少那时多丽丝将成为陪衬，而当多丽丝举办盛大的婚礼时，她早已远走他乡了。

她朝他伸出了手。

"我觉得我很喜欢你。但你得给我时间，让我慢慢适应你。"

"这么说，你答应嫁给我了？"他急匆匆地问。

"是的。"

---

① 几尼（Guinea）：旧时英国的一种金币，最初是用几内亚的黄金铸造的，因此得名。1 几尼等于 1.05 英镑，在十进币制前等于 21 先令。

第十二章

结婚时，她对他知之甚少，如今结婚将近两年了，她对他也不过略知一二。开始时，她为他的善良所感动，他的浓情蜜意尽管让她始料未及，却也让她喜不自胜。他体贴入微，对她呵护有加，有求必应，毫无二话。他总是送她一些小礼物。她若身体不适，他必然嘘寒问暖，关怀备至。她要是给他一些帮她排忧解难的机会，他都会觉得是受到了莫大的恩赐。他总是对她彬彬有礼。她进门时，他会起身相迎；她下车时，他会伸手相搀；与她在街上偶遇时，他会脱帽致意；她要出门时，他不忘为她打开房门；进她的卧室或梳妆室时，他必会敲门示意。与她所知道的大多数男人对待妻子的方式不同，他待她礼貌有加，就像对待乡间宅邸迎来的贵客一般。她对此心满意足，也有些忍俊不禁。如果他能不讲究那么多的繁文缛节，她会觉得更加自在。新婚燕尔都没能拉近他们之间的距离。他那时热情澎湃，有时有点歇斯底里，而且多愁善感。

真正意识到他是多么情绪多变后，她不禁有些不安。她看不明白他的自制是因为腼腆还是因为久经训练。当她躺在他怀里，他的欲望好像得以满足时，这个平时怯懦不敢说荒唐话，害怕遭人讥讽的男人，居然会用小孩子的口气和她说一些荒唐话，这让她多少有点看不起他。有一次她笑着告诉他，他说的全是无用的废话。这深深地伤害了他。她感觉紧搂着她的手臂松开了，他沉默了一会儿，然后一言不发地转身走进了自己的房间。她不愿伤他的感情，一两天后，她主动向他解释：

“傻瓜，我才不在乎你和我说的那些胡话呢。”

他难为情地笑了。不多久，她就不无遗憾地发现，他很难放开自我，他太不合群了。宴会时，当每个人都开始唱歌，沃尔特却从不加入同唱。他宁愿坐在那儿，装出一副满足开心的样子，但是那笑容里满是讽刺，让你不禁觉得在他眼里这些自得其乐的人是一群傻瓜。他从不玩圆桌牌戏，而基蒂却兴致高昂、乐在其中。在去中国途中，大家都穿上各类稀奇古怪的衣服参加化装舞会，偏偏他拒不参加。显然，他觉得此举无聊至极，这让她很是扫兴。

基蒂生性活泼，喜欢一天到晚说个不停，而且经常放声大笑。而他沉默寡言，令她不知所措。对她的一些话，他常常爱搭不理的，这让基蒂很是气恼。虽说有些话不需别人用心回应，但是有人附和一两句能让她心里更加舒坦。若是碰上雨天，她说："雨下得真大。"她希望他能回她一句，哪怕是一句简单如"是呀，雨真大"的话也好。然而他却无动于衷，有时候她都想上前推他两把。

"我说，外面大雨倾盆呢。"她又重复了一遍。

"我听见了。"他答道，脸上带着深情的微笑。

看得出来，他无意惹她生气。他不说话是因为无话可说。但是基蒂笑着思忖，如果总要到有话可说时才开口，那人类很快就会丧失语言能力。

第十三章

事实上，他毫无魅力可言，因此不受欢迎，这一点她到香港后没多久就发现了。她对他的工作依然知之甚少，但她已经清楚地意识到为政府工作的细菌学家绝不算什么大人物。他似乎无意和她谈起工作方面的事。刚开始她对他的一切都感到好奇，总想问个究竟，但是他总是说笑着支吾以对。

“非常枯燥，专业性很强，”他在另一个场合时曾说，“而且薪水微薄。”

他很矜持。所有关于他祖辈的情况、他的出身、他所受的教育以及认识她之前的生活，都是她一一追问才得知的。让人不解的是，似乎唯一让他感到心烦的就是别人问他问题。可她天生好奇，连珠炮似的向他发问，结果他的回答一次比一次更生硬无礼。她冰雪聪明，看得出来他并非想隐瞒什么，只不过是生性沉默，不想回答。谈论自己只会让他厌烦、难为情、不自在，他不知道该如何敞开心扉。他喜欢阅读，但他读的书在基蒂看来实在枯燥。埋头写科学论文之余，他会读一读有关中国或历史的书。他从来不会放松，她觉得他根本不知道如何放松。他喜欢网球和桥牌这类运动。

她不明白他为什么会爱上她。她想不出还有谁比她更不适合这个内敛、冷漠、自持的男人了。然而毋庸置疑的是，他狂热地爱着她。他的情感完全为她所左右，他愿意做任何事情让她高兴。当想到他展现出来的、只有她一人见过的那一面，她不免对他有些鄙视。他对她所喜欢的一切人和事都持轻蔑、容忍和嘲讽的态度，她觉得这种表象不过是他在掩饰内心的软弱。她认为他很聪明，大家也都这么觉得，但是除了兴之所至，与三两好友偶尔尽欢之外，她从没见过他消遣玩乐。她并不是对他感到厌倦，只不过冷落了他。

第十四章

尽管基蒂之前在各类茶会上见过查利·汤森的妻子，但直到来香港几周后才见到他本人。她在和丈夫去他家赴宴时，通过别人的介绍认识了他。基蒂对他抱有戒心。查利·汤森是香港助理辅政司，基蒂可不想被他利用来展示他那屈尊俯就的姿态，这种恩赐似的态度她之前在汤森太太身上就已经有所察觉，尽管对方已经尽量不着痕迹且彬彬有礼。接待他们的房间很是宽敞，和基蒂在香港见过的所有客厅一样，屋中布置温馨而简朴。那是一场大型宴会，他们到得最迟，进门时，身着制服的仆人们正在为宾客们递送鸡尾酒和橄榄酒。汤森太太随意地与他们打了声招呼，看着客人名单告诉沃尔特有人会把他领到餐桌旁。

基蒂看见一位高大英俊的男士向他们走了过来。

"这是我先生。"

"很荣幸，我将坐在你们旁边。"他说。

她立刻就放松了，内心的戒备也烟消云散。尽管他眼含笑意，她还是看到一丝惊讶一闪而过。她很清楚其中的意思，这让她差点笑了出来。

"我都吃不下饭了，"他说，"虽然我知道多萝西做的晚餐很美味。"

"为什么？"

"谁都没告诉我。应该有人早点儿给我提个醒。"

"提醒你什么？"

"谁都没提一个字，我怎么知道我会遇见一位绝世美女？"

“我都不知道该怎么接这话。”

“什么也别说，我来说就行。我会一遍又一遍重复的。”

基蒂不为所动，她不知道他太太是怎么向他描述自己的。他一定询问过。这时，两眼含笑正低头看着她的汤森猛然回忆起了什么。

“她长什么样？”当太太告诉他碰见了费恩先生的妻子时，他曾经这么问过。

“哦，长得挺漂亮的，娇俏玲珑，跟明星似的。”

“她是演员吗？”

“哦，不，应该不是。她父亲是当医生的，或者当律师的，或是干别的什么。要不我们请他们来吃顿饭吧？”

“用不着这么急吧？”

当他们挨着坐在桌边时，他告诉她，沃尔特·费恩刚到香港时，他们就认识了。

“我们在一起打桥牌，沃尔特是俱乐部里最出色的桥牌手。”

回家的路上，她把这话转述给沃尔特听。

“哦，这也没什么值得一提的。”

“他的牌打得怎么样？”

“还过得去。要是拿到一手好牌，他就打得很棒；要是手风不顺，他就一败涂地了。”

“他打得和你一样好吗？”

“我对自己的牌技有自知之明。应该说，我的牌技在二流牌手中属于拔尖的。汤森觉得他自己属于一流牌手，可惜事实并非如此。”

“你不喜欢他吗？”

“谈不上喜欢，也谈不上不喜欢。他在工作上挺称职，大家都说他擅长体育运动。我对他的事不感兴趣。”

沃尔特不温不火的态度不止一次让她恼火。她暗地里寻思，真有必要如此谨言慎行吗？喜欢就是喜欢，不喜欢就是不喜欢。她对查利·汤森就很有好感，这是她始料未及的。他可能是香港最受欢迎的外国人。据说现任辅政司即将退休，而汤森是众望所归的继任者。他会打网球、马球和高尔夫球，还养了几匹赛马。他乐于助人，做起事情来不拘泥于繁文缛节，也不摆架子。基蒂也说不清是什么原因，过去听到有人夸赞他，她总是嗤之以鼻，觉得他就是个自大狂。现在想来，这想法太荒唐了，这样的指责不该落在他头上。

那天晚上她玩得很开心。他们聊到了伦敦的剧院、阿斯科特的赛马会、考斯[①]的快艇赛，聊到了所有她熟悉的事情。她甚至很可能曾在伦诺克斯花园的某座漂亮宅邸里见过他。晚饭后，男人们都来到了客厅，他又信步来到她身边坐下。尽管他并没有说什么逗趣的话，但还是逗得她哈哈大笑。令她忍俊不禁的可能是他说话时的样子：他的嗓音低沉浑厚，带着一股亲昵感；亲切、明亮的蓝眼睛里流露出愉悦之情，让人觉得和他在一起很是放松自在。毫无疑问，汤森是个很有魅力的男人，这也是他为大家所喜爱的原因。

他身材魁梧，身高接近一米九，体形健硕，身材保持得很好，没有一丝赘肉。他衣着考究，穿搭得当，是那天晚上穿着最为得体的男士。基蒂很喜欢风度翩翩的男人。她又把目光转向沃尔特，他真应该多注意一下仪容仪表。她留意到了汤森的衬衫袖扣和马甲上的纽扣，与她在卡地亚[②]珠宝行见过的很相似。看得出汤森夫妇家境殷实。他的脸晒得黝黑，但太阳的暴晒并没有带走他双颊的健康颜色。她很喜欢他那副整齐卷曲的小胡子，胡子下面长着饱满的红唇。他有一头黑色短发，梳理得整齐光亮。当然，他的五官中最迷人的部位还是浓密的眉毛下那双深蓝色的眼睛，总是笑意绵绵、柔情满满，让人看了之后就会相信他的性情温和可亲。长着这样一双蓝眼睛的人，是绝不会去伤害别人的。基蒂心里清楚，自己给查利留下了深刻的印象。即使他不对她说那些甜言蜜语，他那双含情脉脉的眼睛也会暴露他的内心。他举止从容，毫不忸怩做作，令人赏心悦目。这样的氛围

① 考斯（Cowes）：英格兰南部怀特岛上的一个小镇，是世界闻名的快艇中心。

② 卡地亚（Cartier）：1847 年在法国创立，是世界臻品珠宝、腕表、皮具、配饰、眼镜及香水的奢华品牌。

也让基蒂极为放松。调情逗乐之余，他还会时不时地说上几句漂亮的奉承话，这让基蒂对他的口才暗叹不已。告别握手之际，他轻轻地按了按她的手，那意思基蒂心领神会。

"希望很快能再见到你。"他蜻蜓点水似的说道，但基蒂还是从他的眼神里看出了言外之意。

"香港这地方很小的，不是吗？"她回道。

第十五章

可谁曾想到，相识不过三个月，他们的关系已经发展到如火如荼的程度？查利坦言，那晚第一次遇见她时，他就为她着了迷，她是他所见过的最美丽的女人。他甚至还记得那晚她穿的那身礼服，那其实是她的结婚礼服，宛如幽谷百合[①]一般清新脱俗。在他表明心迹之前，她就清楚他已经爱上她了。可她内心还带着隐忧，与他保持着距离。可是他冲动难耐，她要做到心如止水绝非易事。她不敢让他吻自己，因为一想到他用双臂搂着自己，她的心就狂跳不止。她从未涉入爱河，这种感觉妙不可言。初尝爱情滋味，她对沃尔特对她的那份痴恋深感同情。她开玩笑似的挑逗查利，发现他还挺受用。之前她对他还有点恐惧，现在则自信多了。她取笑他时，他的脸上会慢慢露出微笑，这让她开心不已，而查利则惊喜交加。她想总有一天他会明白他自己的心意。如今，她和查利已初试激情，她便轻巧地逗弄他的感情，就像竖琴师用指尖轻轻拨弄着琴弦。看到查利一脸茫然、困惑不已，她禁不住开怀大笑。

当她和查利发展为情人关系后，她和沃尔特的关系就变得十分荒谬。他是那么严肃正经、不苟言笑，她几乎不愿多看他一眼。彼时她心情大好，没意识到对沃尔特的冷淡。要不是沃尔特的话，她也不可能认识查利。她犹豫再三，才迈出了最后一步，这并不是因为她不愿对热情似火的查利投怀送抱——她自己也激情难抑，其程度丝毫不亚于查利——而是慑于家庭教养和传统礼教，不敢轻易越轨。两人最

① 幽谷百合（lily of the valley）：铃兰的别称。

后逾越雷池纯属偶然，当机会降临之时，他们谁都未曾料到。事后，她惊讶地发现自己的感觉居然和从前无异。她曾一度以为这事会让她产生某种说不清道不明的变化，会让她感觉变成了另外一个人。然而，当照着镜子面对自己时，她却迷惑地发现镜中人与之前并没有什么区别。

“你生我的气吗？”他问。

“我爱你！”她低声说。

“你浪费了那么多时光，不觉得太傻了吗？”

“简直傻透了。”

第十六章

她幸福得无以复加，这使得她重新焕发了青春美貌。结婚之前，她的青春魅力已经逐渐衰退，看上去满面倦容，形容憔悴。刻薄之人说她青春不再。然而一个二十五岁的少女和同龄的已婚少妇可有着天壤之别。她就像一朵玫瑰的花蕾，花瓣边缘已开始发黄，但转眼间却盛开怒放。她明亮如水的眼睛深情款款，她一直引以为傲并精心呵护的皮肤紧致柔美，相较之下，仙桃与鲜花都黯然失色。她仿佛又回到了十八岁的花样年华，青春魅力正当巅峰。这不可能不引起人们的关注，她的女友们还私下善意地问她是不是怀了身孕。那些曾说她虽然面容姣好，但鼻子太长的冷漠之辈，如今不得不承认他们看走了眼。正如查利初见她时所说的那样：好一个绝世美女！

他们俩小心翼翼地暗中私会。他说自己肩宽背厚，扛得住事（“别臭美了。”她轻佻地打断了他的话），所以这种事对他来说无甚大碍。但是为了她，他们绝不能冒一丁点风险。他们不能太过频繁地单独见面，幽会的次数连他一半的欲望都满足不了，但他得先替她着想。有时他们在古董店幽会，有时趁着午饭后家里无人，他也到她家里来。不过她倒是经常在各类场合见到他。看到他像对待其他人一样，愉快又一本正经地和她说话，她不禁莞尔。看到他幽默地和她谈笑风生，谁又能想到不久前他还热情似火地把她搂在怀里呢？

她崇拜他。当他蹬着漂亮的高筒靴、穿着白色马裤打马球时，身姿真是潇洒极了。穿上网球服时，他看上去就是个阳光小伙子。当然，他对自己的身材也很有自信，这也是她见过的最为健美的身材。为了保持体形，他煞费苦心，从不吃面包、土豆和黄油，还经常参加锻炼，对双手也呵护有加，每个星期都要修剪指甲。他运动能力出色，前年还是当地网球赛的冠军得主。他也是她见过的最佳舞伴，与他共舞简直如梦似幻。谁都不觉得他已年届四旬，她也难以置信。

“我想那都是瞎说，你实际上只有二十五岁。”

他笑了，感到十分得意。

“亲爱的，我儿子都十五岁了，我已经步入中年啦。再过两三年，我就是个胖老头了。”

“就算你到一百岁，还是一样迷人。”

她喜欢他那浓黑茂密的眉毛。她想，或许正是那两道眉毛为他的蓝眼睛增添了无穷魅力。

查利多才多艺。他钢琴弹得很好，尤其擅长拉格泰姆[①]音乐；他嗓音浑厚，能诙谐幽默地唱喜剧歌曲。她相信他几乎无所不能。工作上他同样称职，他告诉基蒂因为他出色地完成了某项棘手的工作，总督还特地嘉奖他。闻听此言，她心里也甜滋滋的。

“虽说听着有点自吹自擂，”他笑道，眼睛里爱意流露，“但是部门里没有人能做得比我更好。”

唉，她多么希望自己嫁的是他，而不是沃尔特！

---

① 拉格泰姆（Rag time）：美国流行音乐形式之一。产生于19世纪末，是一种采用黑人旋律，依切分音法（Syncopation）循环主题与变形乐句等法则，结合而成的早期爵士乐，盛行于第一次世界大战前美国经济繁荣时期。

第十七章

现在还不能确定沃尔特是否已经知道了真相，如果他还蒙在鼓里，那么最好还是一切顺其自然；如果他已经知道了，对大家来说这反而可能是最好的结果。起初，她只能偷偷摸摸地与查利相会，尽管心有不甘，但至少还能将就；后来她对查利的爱意越来越浓，对两人在一起的障碍也愈发无法容忍。查利经常安慰她说，他痛恨他的职位，他是为了它才不得不谨小慎微，他也痛恨束缚住两人的一切羁绊。他说要是两人都是自由之身，那该多好啊！她能听懂他的弦外之音：谁也不愿招惹飞短流长，而且要想改变原来的生活方式也得经过深思熟虑。但是如果他们能获得自由，啊，那一切会变得多么简单！

他们真的走到一起似乎也不会给任何人带来痛苦。她清楚查利与他妻子的关系。他的妻子是个冷漠的女人，两人之间早已没有感情，维系他们的只是多年来一起生活的便利、习惯，当然还有孩子。相比而言，她要脱身可没那么简单。沃尔特深爱着她，但他一心扑在工作上，也有三两知交可以一起消遣排解；一开始他可能会消沉沮丧，但总会挺过来的，他也完全可以另择伴侣。查利曾对她说，他想不明白她怎么会屈尊下嫁沃尔特。

她半带微笑地沉思着，为什么刚才还在为沃尔特可能察觉了她和查利的关系而恐慌。当然，看到那门把手慢慢转动确实很吓人。不过无论沃尔特怎么样，他们都做好了最坏的打算。如果这个世界上他们最期待的事情就这么与他们不期而遇，那么查利和她都会如释重负。

说句公道话，她承认沃尔特是位绅士，也知道他深爱着她。他一定能做出正确的选择，同意和她离婚。他们的婚姻本来就是个错误，幸运的是发现得还算及时。她已经盘算好了该用什么方式对他说。她会心平气和，面带微笑，但态度坚决。大吵大闹大可不必。今后她也愿意和他见面，她真诚地希望他们共同走过的两年能成为他永留心底的珍藏记忆。

"我想，多萝西·汤森不会在乎与查利离婚的，"她想，"他们最小的儿子就要回英格兰了，对她来说那也是她最理想的归宿。她留在香港本就无事可做，回英格兰还能和孩子们团聚。何况她的父母也都在英格兰。"

看来事情变得简单了，一切都能够妥善解决，不会有风言风语，也不会有人心怀怨恨。此后她和查利就能结婚了。想到这儿，基蒂长舒了一口气。他们一定会幸福的，而为了达到这个目的，经历一些烦恼和波折是值得的。一幅又一幅模糊的画面在她脑海里浮现，她想到了日后他们的生活，想到了两人在一起的欢声笑语，想到了结伴出游、漂亮的婚房、查利的节节晋升以及她给他的帮助等。查利一定会为她这位贤妻感到自豪，她也会对他爱慕有加。

但是在这些美好的憧憬之间，时不时地有一丝忧虑在涌动着。这情形看上去很滑稽，就好像管弦乐队的木管乐器和弦乐器正在演奏优美的田园牧歌，而低音乐器中的鼓却轻轻地敲出了沉闷的节奏，预示着某种不祥之兆。一想到沃尔特迟早会回家，她就心跳加速。说来也怪，他下午离家时，竟然没有和她说一句话。当然，她并不怕他。他又能把她怎么样呢？她不断对自己重复这句话，但仍然无法缓解心中的不安。她一次又一次地在心里重复着想要对他说的话。大吵大闹一番有什么好处呢？她心怀歉疚，上帝做证，她不想让他痛苦，可是她也无能为力，因为她并不爱他。与其虚情假意，不如实话实说。她衷心地希望他不要因此而郁郁寡欢，但是他们的婚姻本就是个错误，只有承认这一点，才是明智之举。她会对他的善良成全感恩戴德。

尽管她自我安慰地说着这些话，却突然感到一股恐惧袭来，手心里也冒出了汗。因为内心的恐惧，她开始对他产生怨恨。要是他想大吵大闹，那就随他吧。要是到时候闹得无法收场，可有他受得了。她要告诉他，她从来没在乎过他，她婚后没有一天不是生活在悔恨之中。他就是个毫无情趣之人，让她厌烦死了，厌烦透了，厌烦透顶！她讨厌他可笑的自视甚高，讨厌他没有幽默细胞，讨厌他的傲慢、冷漠和自制。只有那些对其他一切都不感兴趣、只关心自己的人，才能够如此有自制力。她对他很是反感，因此不愿让他亲吻自己。他有什么可高傲自大的？他舞技拙劣，只会在晚会上扫大家的兴，他既不会唱歌也不会弹琴，不会打马球，网球打得也不过尔尔。桥牌？谁对桥牌感兴趣？

基蒂越想越气，怒火中烧。要是他敢，那就开口责备她吧！这一切都是他的错。要是他知道了真相，那她可就如释重负了。她恨他，永远都不想再见到他。是的，她庆幸这一切就要结束了。他为什么要死缠着她不放？是他当初不断地纠缠，她才错嫁于他，如今，她受够了。

“受够了！”她大声喊着，颤抖的声音里带着愤怒，“受够了！受够了！”

她听见汽车停在了花园的大门口。他正朝楼上走来。

第十八章

他进了房间。她的心狂跳不止，手也抖个不停。幸好她躺在沙发上，手里拿着一本翻开的书，装作一直在专心阅读的样子。他在门口站了一会儿，两人的目光对视了片刻。她的心直往下沉，突然感到四肢发凉，浑身哆嗦。她此刻的感受正应验了那句谚语：有人在你的坟上走过[①]。他脸色惨白。这种情况她曾见过一次，就是那次他在公园里向她求婚的时候。他的黑眼睛一动不动，看上去深邃莫测，似乎大得异乎寻常。看来他什么都知道了。

“你今天回来得比平时早。”她说。

她双唇颤抖，几乎连话都说不清楚。她惊恐万状，感觉要晕过去了。

“我觉得和平时差不多。”

他的声音听上去有点奇怪。他说到最后一个字时提高了声调，似乎想让这句话听上去随意一些，但显得很做作。她不知道他是否看出了她的四肢抖个不停，她强忍着才没有尖叫出声。他垂下了目光。

“我去换衣服。”

他转身出了房间。她精疲力竭，一连两三分钟都动弹不得，过了一会儿才艰难地从沙发上站了起来，看上去就像大病在身那样虚弱不堪。她不知道自己的腿能否撑得住身子。她双手扶着桌椅，慢慢地向阳台走去，然后一手扶着墙回到了卧室。她穿上了一件茶服，回

---

① 有人在你的坟上走过（Someone is walking over your grave）：英语中的迷信说法，人们无故打冷战是因为“有人在你的坟上走过”。

到了起居室（只有聚会时，他们才会使用客厅），他正站在桌子边看《简报》上的图片。她硬着头皮走了进去。

“我们下楼吧？晚餐准备好了。”

“让你久等了。”

糟糕的是，她说话时嘴唇还是颤抖不停。

他打算什么时候开口呢？

他们坐了下来，一时间，两人都没有说话。过了一会儿，他首先开了口，但是所说的话不合时宜，这让气氛更加诡异。

“‘女皇号’今天没有回来，”他说，“我猜可能是被暴雨困住了。”

“本来是今天到的吗？”

“是的。”

她朝他看去，只见他两眼盯着盘子。他又滔滔不绝地谈起了即将开赛的网球比赛，可内容还是无关痛痒。往常他说话的声音很好听，声调抑扬顿挫，但是现在听来语调单一，显得很不自然。基蒂觉得他是想兜个圈子再入主题。他的眼睛要么盯着盘子，要么看着桌子或是墙上的画，始终回避着她的目光。她意识到他不敢多看她一眼。

“我们上楼去吧？”晚餐结束后他说。

“听你的。”

她站起身，他为她打开门。当她从他身边走过时，他低着头没有看她。当回到起居室时，他又拿起了那份满是插图的报纸。

“这是新一期《简报》吗？我好像还没看过。”

“我不知道，我没注意日期。”

那份报纸在家里已经放了两个星期了，她知道他早就翻来覆去地看过几遍了。他拿起《简报》坐了下来，她又躺到了沙发上，捧起了书。晚上通常只有他们两人时，他们会玩一会儿碰对牌游戏或单人纸牌戏。他斜靠在扶手椅上，怡然自得，似乎在全神贯注地看报纸上的图片，其实他根本没有翻动过报纸。她试着读手里的书，但是根本读不进去，她的眼前一片模糊。她感到脑袋一阵剧痛。他到底什么时候会把事情挑明呢？

他们就这么相对无言地坐了一个小时。她不再装作看书了，手中的书也掉到了大腿上，出神的眼里一片茫然。她不敢做任何一个轻微的动作，也不敢弄出哪怕最微小的声响。他静坐不动，仍然怡然自得，一双大眼睛目不转睛地盯着图片看。他那一动不动的样子令人害怕，基蒂觉得他就像一头野兽，随时会朝她扑过来。

突然，他站了起来，她被吓了一跳。她紧握双手，感到自己面如土色。他总算要开口了！

“我还有些工作要做。”他用一种平静又不带感情的声调说，目光看着别处，“没什么事的话，我就去书房了。我想，等我把事情做完，你应该已经休息了。”

“我今晚觉得很累。”

“好，晚安。”

“晚安。”

他离开了房间。

第十九章

第二天一大早，她就急不可耐地给汤森的办公室打电话。

“你好，什么事？”

“我要见你。”

“亲爱的，我忙得不可开交，我在工作。”

“这件事很重要，我能去你办公室吗？”

“不行。换了是我，我就绝对不会去。”

“那你来我这儿吧。”

“我可能走不开。下午行不行？最好还是别去你家，你觉得呢？”

“我必须马上见你。”

电话那头沉默了片刻，她还以为对方挂断了。

“你还在吗？”她焦急地问。

“在，我在考虑。发生什么事了吗？”

“电话里我说不清。”

他又沉默了一阵，然后说话了。

“好吧，一点钟的时候，我可以匀出十分钟的时间见你。你最好去顾舟的店里等我，我会尽快过去见你的。”

“是那家古董店吗？”她失望地问。

“是的。我们总不能在香港酒店的大堂里见面吧。”他回答道。

她从他的声音里听出了一丝恼怒。

“好吧，我会去顾舟的店铺。”

第二十章

她在域多利道下了黄包车，沿着陡峭、狭窄的巷子一路走到了古董店。她在店外逗留了一会儿，似乎是被陈列的小古玩吸引住了。但是一个站在那儿招揽顾客的小伙计认出了她，心领神会地冲她笑了笑。他冲着店里说了几句汉语，之后身穿黑袍、矮小胖脸的店主走出来和她打了个招呼。她快步地走了进去。

“汤森先生还没到。您直接上楼，请吧？”

她来到店铺后面，爬上摇晃着的漆黑楼梯。店主跟在她身后，打开了通往卧室的门。屋里很闷，空气中弥漫着鸦片烟的刺鼻气味。她在一个檀木箱子上坐了下来。

不多会儿，她就听到了沉重的脚步声，楼梯嘎吱作响。汤森走了进来，随手把门锁上。他脸色阴沉，但看见她后，马上就一扫阴霾，露出了他特有的迷人微笑。他一把把她揽入怀中，吻住了她的唇。

“遇到什么麻烦事了吗？”

“见到你，我感觉好多了。”她笑了。

他坐在床上，点了一支烟。

“今天早上你魂不守舍似的。”

“可不是嘛，”她说，“我一晚上都没合眼。”

他看了她一眼，脸上依然挂着微笑，只是笑得很僵硬，显得很不自然。她心想，他在忧虑。

“沃尔特都知道了。”她说。

他沉默了一会儿才接腔。

“他说什么了？”

“什么也没说。”

“什么？”他目光犀利地看着她，“那你怎么确定他知道了？”

“他的表情，他晚餐时说话的方式，一切迹象都表明他已经知道了。”

“他发脾气了吗？”

“不。恰恰相反，他还是那么彬彬有礼。但这是我们结婚以来，他第一次和我道晚安时没有吻我。”

她垂下了目光。她不清楚查利是否明白她的意思。通常道晚安时，沃尔特都会搂着她，深深地吻住她不愿分开。

“你觉得他什么也没说是什么原因？”

“我不知道。”

又是一阵短暂的沉默。基蒂一动不动地坐在檀木箱子上，焦急地看着汤森。他的脸色又变得阴郁，眉头也皱了起来，嘴角略微下垂。但他马上又抬起头来，眼里流露出一丝不怀好意的冷笑。

“我真想知道他到底会说什么。”

她不知道他的意思，因此没有回答。

“毕竟，他绝不是第一个对这种事睁一只眼闭一只眼的人。大吵大闹对他有什么好处？如果他想闹的话，当时就会硬闯进你的房间。”他眨了眨眼睛，咧开嘴巴笑了起来，“那样的话，我们这对傻瓜可就无路可逃了。”

“你真该看看昨晚他的脸色。”

“我猜他一定心烦意乱，这件事对他来说确实是个打击。发生在任何男人身上，这都是一种耻辱。不过他看上去总是傻里傻气的。我认为沃尔特不是那种会把家丑外扬的人。”

“我也觉得他不会，”她沉吟道，“我发现他很敏感。”

“就此来看，情况对我们有利。设身处地地想一想，换作是你，你会怎么做。对一个男人来说，发生了这种事，保全颜面的最好的办法就是装作一无所知。我敢和你打赌，他肯定会这么做的。”

汤森越说越神采飞扬，一双蓝眼睛熠熠发光，恢复了平时那副轻松快活的样子。他这么一说，她也感到勇气倍增。

“上帝做证，我可不想说他的坏话，但是归根结底，一个细菌学家可没什么了不得的。一旦西蒙斯退休，我很有可能会成为辅政司，沃尔特不和我作对的话，对他自己也有好处。他总得考虑自己的饭碗和生计，就像我们每个人都会做的那样。要是有人惹是生非、散播流言，你觉得当局会厚待他吗？相信我，守口如瓶对他来说有百利而无一害，搬弄是非只会让他一败涂地。”

基蒂忐忑不安地动了动。她知道沃尔特内向腼腆，也相信他对当众吵闹和引起公众关注心存顾忌，但她绝不相信他会为了物质利益而忍气吞声。也许她对他还不够了解，但是查利对他只能说是一无所知。

“你想过没有，他对我可是一往情深。”

他没有回答，却带着微笑用顽皮的目光看着她。他那迷人的眼神让她迷恋且沉醉。

“你想说什么？我就知道你要胡说八道了。”

“你知道，女人总是觉得世上的每个男人都对自己爱得如痴如狂，虽然事实并非如此。”

基蒂第一次露出了笑容。他的自信很有感染力。

“这话说得太耸人听闻了。”

“我是想告诉你，你最近没有怎么关注沃尔特。可能他已经不像以前那样爱你了。”

“无论如何，我绝不会自欺欺人地以为你痴情地爱着我。”她反唇相讥。

“你这么说，可就不对了。”

啊，听他亲口承认真是太受用了！她清楚这一点，也知道他爱她，这让她心里暖烘烘的。他边说边站起身来，走到她身边，在檀木箱子上坐了下来，一把搂住了她的腰。

“你那傻乎乎的小脑袋别再想这些烦心事啦，”他说，“我保证没什么好害怕的。我敢肯定他会装作一无所知。你也知道，这种事情要取证是很困难的。你说他很爱你，那也许他根本就不愿意失去你。我发誓如果你是我的妻子，不管发生什么事，我都不愿意失去你。”

她朝他靠近了些。她浑身酥软，就势倒在了他怀里。她很爱他，这种感情几乎是一种煎熬。他说的最后几句话触动了她：沃尔特对她如此一往情深，如果她允许他的爱持续下去，他可能真的宁愿接受一切羞辱。她能理解这种感情，因为她对查利也是如此痴情。一股自豪感油然而生，同时，她也对那个爱她爱得如此卑微的沃尔特生出一丝不屑。

她深情地用双手搂着查利的脖子。

“你真了不起。我来这儿的时候还全身抖得像风中的树叶，而你三言两语就把所有事情都解决了。”

他捧住了她的脸，吻住了她的唇。

“亲爱的。”

“有你在，我安心多了。”她叹了口气。

“你尽管放心，不用紧张。我一定和你共同进退，我不会让你失望的。”

她所有的恐惧一扫而空，但突然间又不由得心生遗憾，因为她原先对未来的幻想都破灭了。眼下一切危险都已过去，她倒真的希望沃尔特会坚持要和她离婚。

“我知道你值得我信赖。”她说。

“我也希望如此。”

“你该去吃午饭了。”

“唉，该死的午饭。”

他把她拉得近了些，搂得更紧了。他的嘴向她的唇凑了过去。

“查利，我得走了。”

“想都别想。”

她轻声笑了，笑声中满含柔情蜜意，还带着胜利的喜悦。他的眼里欲火正炽。他一把抱起了她，紧紧搂在怀里，然后锁上了门。

第二十一章

一整个下午她都在思考查利对沃尔特的评价。那天晚上她要和沃尔特一起外出赴宴，当他从俱乐部回来时，她正在更衣打扮。

他敲了敲门。

“请进。”

他没进来。

“我直接去换衣服。你还要多久能准备好？”

“十分钟。”

他没再说什么，径直去了他自己的房间。他声音里还是带着那种做作的腔调，和她昨晚听到的一样。她现在很有信心。她比沃尔特更早地换好了衣服，当他下楼时，她已经坐在车里等着了。

“对不起，让你久等了。”他说。

“没关系。”她说，脸上还能露出微笑。

在开车下山的路上，她不时地说上两句话，可他的回答简短无礼。她耸了耸肩，变得不耐烦起来。要是他愿意生闷气，那就随他吧，她才不在乎呢！一路无言，他们终于抵达了目的地。这是一场盛大的晚宴，人很多，菜品丰富。基蒂和邻座的人聊得很开心，她不时地看看沃尔特，他脸色惨白，面容憔悴。

“你丈夫看上去精神不振。我原以为他应该不怕这里炎热的天气。他最近是不是工作很辛苦？”

“他工作总是很用心。”

“你是不是很快就要离开了？”

“是的，我想还是和去年一样去日本，”她说，“医生说我要是不想身体垮掉的话，就去避暑。”

以前他们共同参加宴会时，沃尔特会时不时地用带着笑意的目光看她一下，今晚他却没看她一眼。她还注意到了，当他下楼走到车前时，他的眼睛一直看着别处。她下车时，他还是一样彬彬有礼地伸手扶她，但是同样没看她。这会儿他在和左右邻座的女士聊天，脸上毫无笑容，眼睛直直地、一眨不眨地看着她们。他的眼睛显得特别大，在苍白的脸上像两个黑煤球。他表情呆滞，一脸严肃。

“和他聊天真是愉快啊。”基蒂心里挖苦道。

想到那些不幸的女士要和这么个板着脸孔的人闲聊，她就觉得十分好笑。他当然已经知道了一切，这一点毫无疑问，而且他怒不可遏，但是他为什么什么也不说呢？难道真的是因为——尽管他愤怒不已、心如刀绞——他太爱她了，害怕她会离开，因此隐忍不发？想到这，她不禁有点鄙视他，但却不带恶意：毕竟他是她的丈夫，让她温饱无忧；只要他不干涉，让她做自己想做的事，她还是会对他很和善的。但是他的沉默或许是出于他那种病态的胆怯。查利说没有谁比沃尔特更讨厌飞短流长了，这一点没错。只要能躲得过去，沃尔特从不在公共场合发言。他告诉她说有一次他接到传票，要他去为一桩案子出庭做证，他为此一个星期都睡不好觉。他的腼腆内向已经到了一种病态的程度。

还有一个原因是男人们都死要面子。只要没人知道事情的真相，他巴不得装作一无所知。接着她又想起查利说沃尔特知道怎么做对自己最有利，她揣摩着这有多大的可能性。查利是香港最受欢迎的外国人，并且很快就会当上辅政司。他可能对沃尔特有很大的帮助，要是沃尔特和他作对，那就会吃不了兜着走。一想到情郎的权势之大、意志之坚定，她心花怒放。依偎在他强有力的怀抱里是那么有安全感。人真是一种奇怪的动物，沃尔特会如此卑贱是她做梦也想不到的，可能他严肃正经的模样正好掩盖了他刻薄狡诈的本性。她越想越觉得查利说得有理。她又朝沃尔特看了一眼，目光之中已经没有了宽容。

恰好此时，他邻座的女士们都在和身边的人说话，他被晾在了一边。他直愣愣地看着前方，对正在进行的晚宴浑然不觉，眼睛里流露出了极度悲伤的神色。基蒂心中为之一振。

第二十二章

第二天午饭后，她正要躺下午休，一阵敲门声把她惊醒了。

“谁呀？”她没好气地问。

午休时间，她讨厌被人打扰。

“是我。”

她听出了是丈夫的声音，很快地坐起身来。

“请进。”

“我吵醒你了吗？”他进门后问道。

“的确如此。”她用自然平淡的语气回答。这两天来，她一直用这样的语气和他说话。

“你能到隔壁房间来一下吗？我有些话想和你说。”

她的心开始怦怦乱跳。

“我穿件晨衣就过去。”

他离开了房间。她给光脚套上了拖鞋，披上一件晨袍，照着镜子看了看，发现自己面色苍白，于是又涂了些口红。她在门口站了片刻，定了定神，以便与他谈话，然后神色自若地走了进去。

“你怎么这个时间从实验室回来？”她问，“平时这个时间可没见你回来过。”

“坐下说吧。”

他没看她，说话的语调很严肃。她很乐意坐下来，因为她的膝盖有点发抖，也无法继续用开玩笑的口气说话，于是只好保持沉默。他也坐了下来，点了一支烟。他的眼睛在房间各处游移不定，显然，他觉得很难开口。

突然，他的目光直盯着她。这段时间他的目光总是躲着她，所以这样的直视吓了她一跳，她差点就叫出声来。

“你听说过梅潭府这个地方吗？”他问，“最近报纸上都是关于此地的消息。”

她惊讶地盯着他，欲言又止。

“是那个闹霍乱的地方吗？阿巴思诺特先生昨晚有提起过。”

“那儿霍乱盛行，我想这可能是近几年来最严重的一次。原先那里有个传教士医生，但是三天前他死于霍乱。那儿还有一座法国女修道院，此外还有海关的人。其他人都撤走了。”

他的眼睛一直盯着她，她的目光无法移开。她想从他的表情中读出他的心思，可是她实在惶惑不安，只能看出他带着一种奇怪而警觉的神情。他怎么能这么一动不动地盯着人看，眼睛连眨也不眨？

“法国修女们正在尽力救治病人。她们把孤儿院改造成了医院，但是人们还是像苍蝇一样死去。我主动提出申请，想去那里主持工作。”

“你？”

她突然开口问道。她的第一反应是：如果他去了那儿，那她就自由了，可以无拘无束地和查利幽会。可这个想法让她感到震惊，脸也涨得通红。他为什么用那种眼神盯着她看？她尴尬地把目光移开了。

“你有必要这么做吗？”她结结巴巴地问。

“那里一个外国医生都没有。”

“但是你又不是医生，你是个细菌学家。”

“我是医学博士，这你知道，在从事专项研究之前，我在医院做过大量的医务工作。事实上，细菌学家这个身份对救治工作更为有利，对研究工作来说，这也是不可多得的机会。”

他轻描淡写地答道。她瞥了他一眼，惊讶地发现他的眼里闪过一丝嘲讽。她觉得无法理解。

“可那地方不是很危险吗？”

“非常危险。”

他笑了，显出一副轻蔑嘲弄的怪相。她用手捂着前额。这不啻自杀，太可怕了！她没想到他会这么做，她不能让他胡来，这太残酷了。她不爱他这件事不是她的错，他若因此要自寻死路，她可承受不起。眼泪顺着她的脸颊流了下来。

“你哭什么？”他的声音冷若冰霜。

“你是逼不得已才去那里的吗？”

“不是，纯属自愿。”

“沃尔特，别去，要是出了事，就太可怕了。万一你死了可怎么办？”

尽管他脸上无动于衷，但眼睛里却闪过一丝笑意。他没有回话。

“这地方在哪儿？”过了一会儿她又问道。

“梅潭府？在西江的一条支流上。我们要先沿着西江逆流而上，然后再坐轿子。”

“你说的我们指谁？”

“我和你。”

她迅速看了他一眼，还以为自己听错了。可是他眼中的笑意转移到了嘴角，那双黑眼睛正盯着她看。

“你希望我也去？”

“我以为你会愿意的。”

她呼吸急促起来，一个冷战传遍全身。

“那地方可不是女流之辈该去的。传教士几个星期前就把妻儿送了回来，亚洲石油公司的代表和他的妻子也到这里来了，我在茶会上遇见了她。我记得她说，他们是从某个闹霍乱的地方逃出来的。”

“还有五个法国修女在那儿。”

她惊慌失措。

“我不明白你的意思。要我去那种地方，这真是疯了。你知道我弱不禁风，海沃德医生说我必须离开香港去避暑。而那里那么热，我绝对受不了的。还有霍乱，把我的魂都吓跑了。去那儿不是自找罪受嘛！我找不到去那儿的任何理由，我会死在那里的。”

他没有回答。她绝望地看着他，几乎忍不住哭出声来。他的脸色苍白阴郁，让她为之恐惧。她从他的表情里看到了厌恶。难道他是有意要害死她？她对这个可怕的念头作出了反应。

“这实在荒唐。如果你觉得有必要去，那是你的事，但别指望我和你一起去。我厌恶疾病，而那里霍乱肆虐。我可不想假装勇敢，实话告诉你，我很怕死。我要留在香港，然后去日本。”

“我还以为，在我要开始危险的旅程时，你会愿意陪着我去呢。”

这是赤裸裸的嘲讽。她有些困惑，不知道他说的到底是真话，还是只是吓唬她而已。

“我想如果我不愿意去一个与我无关，也没有我无用武之地的危险地方，任何人都没有理由责备我。”

“你大有用武之地，你可以鼓励我、安慰我。”

她的脸色更加苍白了。

“我不知道你这是什么意思。”

“我觉得我的话再明白不过了。”

“我不会去的，沃尔特。要求我去实在是太荒唐了。”

“那我也不去了。我这就去撤回申请。”

第二十三章

她一脸茫然地看着他。他说的一切都太过突然，她一下子转不过弯来。

“你到底是什么意思？”她吞吞吐吐地问。

即使在她自己听来，这话也是明知故问。沃尔特严肃的脸上出现了不屑的神色。

“你真把我当作大傻瓜了。”

她一下子不知道说什么好。是该义愤填膺地宣称自己是清白的，还是该借题发挥指责他呢？他似乎看透了她的想法。

“我掌握了足够的证据。”

她放声大哭，眼泪夺眶而出，却感受不到任何痛苦，也不去擦眼泪。哭泣给她争取了一点镇定下来的时间，但是她的头脑还是一片空白。他无动于衷地看着她，平静得让她觉得害怕。他逐渐不耐烦起来。

“你知道的，哭没什么用。”

他冷淡生硬的语调激起了她的愤怒。她逐渐恢复了理智。

“我不在乎。我想你不会反对和我离婚的。这对男人来说，没什么大不了的。”

“请问，我凭什么要为了你，让自己陷入哪怕最微不足道的麻烦之中？”

“对你来说没有什么区别。请你拿出点绅士该有的风度来，这要求不过分吧？”

“我最关心的是你今后能否获得幸福。”

她坐直了身子，擦干了眼泪。

“你这话什么意思？”她问。

“只有汤森成为通奸案的共同被告，他的太太受不了如此奇耻大辱而不得不与他离婚时，他才有可能和你结婚。”

“你知道你在胡说什么吗？”她喊道。

“你真是太傻了。”

他的语气里满是不屑，这让她怒火中烧、满脸通红。或许是因为他之前一贯对她甜言蜜语、和颜悦色，听到这话她才会更加愤怒。她早已习惯了沃尔特对她的百依百顺、言听计从。

“你要是想知道，我不妨告诉你真相。他迫不及待地想和我结婚，多萝西·汤森也巴不得和他离婚。我们一旦自由了就会马上结婚。”

“这是他告诉你的，还是你从他的所作所为中想当然的结果？”

沃尔特的眼里流露出辛辣的嘲讽，这让基蒂感到不安，她不太确定查利是否这么和她说过。

“他一直都是这么说的。”

“撒谎。你也知道这是谎话。”

“他全心全意地爱着我，我也如此爱他。你已经看出来了，我也不否认。我为什么要否认呢？我们已经保持情人关系一年了，我以此为豪。他就是我的一切，我很高兴你终于知道了真相。我们早已对偷偷摸摸感到厌倦。我嫁给你就是个错误，我真是太傻了，我绝不该答应你的求婚。我也从没在乎过你。我们完全没有共同之处：你喜欢的人，我都不喜欢；你感兴趣的事情，我都觉得无聊。现在一切都结束了，谢天谢地。”

他一动不动地看着她，脸上没有任何表情。他认真地听着，看不出有丝毫被她说动的迹象。

“你知道我为什么嫁给你吗？”

“因为你想抢在你妹妹多丽丝之前结婚。”

这是事实，不过这却让她哑然失笑，原来沃尔特知道她的心思。奇怪的是即使在这个惊怒交加的时刻，这句话也激起了她的怜悯之心。

他微微一笑。

“我对你不抱幻想。”他说，“我知道你愚蠢、浅薄、无知，但是我爱你。我知道你的目标和理想世俗、不堪，但是我还是爱你。我知道你是平庸之人，可我还是爱你。想想都觉得好笑，我曾经假装对某些事感到开心，只因为那是你喜欢的东西，我竭力假装我不是一个无知、低俗、愚蠢、爱说三道四的人。我知道你害怕聪明的男人，于是我只能尽我所能装作和你熟悉的那些人一样愚蠢。我知道你嫁给我不过是权宜之计，但是我爱你，我不介意。在我看来，当一个人爱上另一个人，对方却不爱他的时候，大多数人都会觉得委屈、愤怒、痛苦。我不会这样。我从不指望你会爱上我，我也看不出有任何理由让你爱上我，因为我并没有什么值得你爱的地方。我庆幸你接受了我的爱，一想到我能让你开心，想到或许能看到你眼睛里闪着愉悦的爱意，我就欣喜若狂。我尽量不让你厌恶我的爱，我知道那会让我难过不已，所以我一直小心翼翼，生怕你对我的爱心生厌倦。很多丈夫视之为应得权利之事，我却视其为你对我的恩赐。”

基蒂生来习惯了奉承恭维之言，从没听过如此刺耳之语。无名之火从她的心中燃起，驱散了她的恐惧，也憋得她快要窒息，太阳穴的血管突突直跳。一个虚荣心受了伤的女人，比一只被夺去幼崽的母狮更具报复心。基蒂那略显扁方的下巴此时却像猿猴一样突出，平日乌黑漂亮的眼睛里满是怨恨，但是她忍住了没爆发出来。

“如果一个男人没有任何值得女人爱的优点，那是他的错，怪不得女人。”

“的确如此。”

他嘲讽的语气让她愈发恼火。她心想，保持冷静，只有这样才有可能给他更大的打击。

“我受教育程度不高，也不聪明，我不过是个年轻平凡的女人。从小与我朝夕相伴的人们喜欢的东西，我也喜欢。我喜欢跳舞、打网球、看戏，我也喜欢热爱体育运动的男人。我确实觉得和你一起生活乏味，你喜欢的东西，我都不喜欢，它们对我而言毫无价值，我也提不起兴趣。你拉着我在威尼斯没完没了地逛那些画廊时，我更愿意在桑威奇打打高尔夫。”

“我知道。”

“如果我不是你期望中的那种女人，我只能说声抱歉。很遗憾，不过与你肌肤接触让我觉得恶心，这你可怨不得我。”

“我不怨你。”

如果他暴跳如雷，基蒂反而更容易控制局面，她可以选择针锋相对。可是他自控能力极强，现在她比以往任何时候都更为憎恨他。

“我觉得你根本不是个男人。你明知道我和查利就在卧室里，为什么不闯进来？你至少可以狠狠地揍他一顿。怎么，你害怕了？”

刚说完，她就大感羞愧，满脸绯红。他没有回答，但他的眼中流露出了冰冷的鄙夷之色，嘴角还隐隐闪过一丝笑意。

“也许是因为我和某个历史人物一样，生性高傲，不屑动手。”

基蒂想不出回应的话来，只好耸了耸肩。他目不转睛地盯着她看了好一会儿。

“我想该说的我都说了。如果你不愿意陪我去梅潭府，那我就撤回申请。”

“你为什么不同意和我离婚？”

他终于把目光从她身上移开了，然后靠在椅背上，点了一支烟，抽完烟之前都没再开口。然后，他把烟蒂一扔，笑了起来。他再次看向她。

“如果汤森夫人向我保证她会和她丈夫离婚，并且汤森会在写下承诺，保证法院判决我们双方家庭分别离婚后的一个星期之内与你结婚的话，那我就和你离婚。”

他说话的方式让她惶恐不安，但出于自尊，她还是接受了他的提议。

“你真是宽宏大量，沃尔特。”

让她惊讶的是，他居然纵声大笑起来。她恼怒得满脸通红。

“你笑什么？我不觉得有什么好笑的。”

“对不起，可能我的幽默感与众不同。”

她皱着眉头看着他，本想说点挖苦伤人的话，但想不出合适的词。他看了看手表。

“你要是想在下班前在办公室找到汤森，我劝你还是尽快动身。如果你决定和我一起去梅潭府，那么最迟后天就得启程。”

“你要我今天就告诉他？”

“常言道：‘时间不等人。’”

她的心跳加快了，倒不是心神不定，她也说不上来是什么原因。她本希望有更多的时间，能让查利有所准备。不过她对查利信心满满，他们深深地相爱着，他绝不会认为这大好时机是一种胁迫，对此稍有疑虑都是对他们爱情的亵渎。她郑重其事地转过身面对沃尔特。

“我想，你根本不知道爱情为何物。你根本不会理解我和查利之间的爱有多深。爱就是我们的唯一，为此任何牺牲都不值一提。”

他朝她轻轻地鞠了一躬，未置一词，目送她迈着稳健的步伐走出了房间。

第二十四章

她传了一张便条给查利，上面写着：急需见面。一个童仆请她稍等，随后带来回复说汤森先生五分钟后可以见她。她感到一阵莫名的紧张。过了一会儿她被领进了办公室，查利走过来和她握手致意。童仆刚关上房门离开，他就抛掉了这一套彬彬有礼的例行做派。

“要我说，亲爱的，你真不该在上班时间来我这儿。我有很多公务要处理，也不愿让别人说闲话。”

她那双美丽的眼睛久久地看着他，她想尽力向他微笑，但是嘴唇僵硬，笑不出来。

“事出紧急，否则我也不会来这儿找你。”

他笑着抓住了她的胳膊。

“既然来了，就坐下说吧。”

这是一间狭长的单人办公室，层高很高，两侧的墙壁刷成了赤褐色。房内家具不多，只有一张大办公桌、一把汤森专用的转椅以及一把待客用的皮质扶手椅。基蒂战战兢兢地坐了下来，汤森坐在桌子旁边。她从没见过他戴眼镜，甚至不知道他有一副眼镜。他注意到她在盯着自己的眼镜，便摘了下来。

“我阅读时才戴。”他说。

她的眼泪止不住地流了下来。她也不知道为什么自己哭。她并不是刻意装模作样，而是出于女人的本能，想激起他的同情。他面无表情地看着她。

“出什么事了吗？亲爱的，别哭了。”

她掏出手绢，想尽力控制情绪。他按铃叫人，童仆来到门口时，他走了过去。

“如果有人找我，就说我出去了。”

“好的，先生。”

童仆把门带上了。查利坐在椅子的扶手上，搂住了她的肩膀。

“亲爱的基蒂，告诉我发生了什么事。”

“沃尔特想要离婚。”她说。

她感到搂着她肩膀的手臂松开了，他的身体变得僵直。沉默了一会儿之后，汤森站了起来，坐回到他自己的椅子上。

“这是什么意思？”他问。

她听出他声音嘶哑，就很快地扫了他一眼，她看到他的脸隐隐泛红。

“我和他谈了一次，从家里出来就直奔你这儿来了。他说他已经有了足够的证据。”

“你没承认吧？你什么都没说吧？”

她的心沉了下去。

“没说。”她回答。

“你肯定吗？”他问，眼神逼视着她。

“肯定。”她又一次撒谎了。

他靠在椅子上，眼神空洞地盯着面前墙上挂着的中国地图。她焦急地看着他，他听到这个消息后的态度让她有些不安。她原来以为他会把她搂进怀里，告诉她谢天谢地，现在他们终于可以永远在一起了。然而，男人总是让人捉摸不透。她低声抽泣着，现在倒不是为了博得同情，而是自然而然地哭了。

“这真是个大麻烦。”他终于开口了，“但是我们不能因此失去理智。哭解决不了问题，这点你也清楚。”

她听出他声音里带着恼怒，于是擦干了眼泪。

“这可不能怨我，查利，我真的身不由己。”

“我理解你身不由己，我只怪我们运气太糟。这事不能全怪你，我也有责任。当务之急是想办法脱身。我想你和我一样都不愿离婚。”

她倒吸了一口冷气，仔细打量着他。但他完全没考虑她的处境。

“我想知道他到底有什么证据。我不知道他怎么证明那天是我们俩在房间里。现在回想起来，我们一直都是小心行事。我确定古董店的老头是不会出卖我们的。就算沃尔特看见我们了，也没有道理不许我们一起鉴赏古玩。”

与其说他在和她说话，不如说他是在自言自语。

“到法庭起诉易如反掌，但是要拿出证据并不容易，这一点任何律师都会说明。我们统一口径，死不认账。如果他非要起诉，那就告诉他见鬼去吧，我们奉陪到底。”

“我不愿闹上法庭，查利。”

“为什么？恐怕你不得不去。上帝知道，我并不想闹出事情，但我们也不能坐以待毙。”

“我们为什么非得应诉呢？”

“这问题你也问得出来。说到底这件事不仅牵涉你，我也难逃干系。但是我觉得你用不着担心，我有办法让沃尔特闭嘴。让我烦心的是如何才能万无一失。”

他好像已经有了主意，于是带着迷人的微笑转过身来看着她，之前生硬急促的语调现在变得温婉动听。

“让你受惊了，小宝贝，这真是太糟糕了。”他伸出手握住了她的手，“我们遇到麻烦了，但我们要想办法自救。这可不是……”他的话戛然而止，基蒂怀疑他下面要说的是，这已经不是他第一次摆平这种麻烦了。“最好的办法就是保持头脑清醒，我不会让你失望的。”

“我不害怕，我不在乎他会做些什么。”

他依然带着微笑，但是笑得有点勉强。

“如果事情到了无法挽回的地步，我只能告诉总督。他肯定会痛骂我，但是他是个好人，而且老于世故，他会出面收拾残局。因为闹出丑闻，对他也没有任何好处。”

“他能怎么帮我们？”基蒂问。

“他会对沃尔特施加压力，要么用仕途前景逼他就范，要么用责任意识劝他屈服。”

基蒂听后有点沮丧。似乎她没能让查利明白眼下情况的严重性。他满不在乎的样子令她焦虑。她后悔来办公室见他了，这里的环境让她觉得束手束脚。要是能依偎在他怀里，搂着他的脖子，那她就能更轻松地把心里的话告诉他。

“你不了解沃尔特。”她说。

“没有人是无法收买的。”

她全心全意爱着查利，但是他的回答令她惶恐不安，从这么聪明的人嘴里居然吐出了如此愚蠢的话。

“我觉得你还没看出沃尔特已经暴跳如雷。你要是看到他的脸、看到他的眼神，你就会知道了。”

有一会儿，他未作回应，只是微笑着看着她。她知道他在想什么：沃尔特是个细菌学家，职位不高，未必敢明目张胆地与高层官员作对。

“自欺欺人是没有用的，查利。”她真诚地劝道，“如果沃尔特下定决心要起诉的话，无论是你，还是其他任何人都无法改变他的决定。”

他的脸色再次变得沉重阴郁。

“他是不是想告我通奸？”

“一开始是的，最后我说服了他，他同意和我离婚。”

“哦，这听起来不算太糟。”他松了口气，她从他的眼神中看出了如释重负。“这对我来说是个不错的解决方案。毕竟对男人来说，这是最简单的事情，也是最体面的做法。”

“但是他提出了一个条件。”

他用疑惑不解的目光看着她，一副若有所思的样子。

“尽管我不算富裕，但我会尽力满足他的条件。”

基蒂没吭声。查利所说的一切都出乎她的意料，也让她有口难开。她原以为可以依偎在他怀里，把发烧似的脸贴在他胸前，一口气说出所有心里话。

"他说，如果你太太向他保证同意和你离婚，他就和我离婚。"

"还有什么别的条件吗？"

基蒂的声音几乎低得听不见。

"还有——真是难以启齿，查利，他的条件太苛刻了——他要你保证，在离婚判决生效后的一个星期内娶我。"

第二十五章

他沉默了一会儿，然后再次握着她的手，轻轻地抚摸着。

“亲爱的，你也知道，”他说，“无论发生什么事，我们都不应该把多萝西牵扯进来。”

她茫然地看着他。

“我不明白，这怎么可能呢？”

“我们不能只考虑自己。你知道的，在同样的条件下，这个世界上我最想娶的人就是你。但是这已经不可能了。我了解多萝西，她是无论如何也不会同意和我离婚的。”

基蒂惊惶失措，又开始哭了起来。他站起身，坐到她身边，搂着她的腰。

“亲爱的，别为此烦恼了。我们必须保持冷静。”

“我原以为你是爱我的……”

“我当然是爱你的，”他温柔地说，“这一点毋庸置疑。”

“如果她不同意和你离婚，那么沃尔特就会以通奸共同被告的罪名把我们告上法庭。”

过了好一会儿他才回答，声音发涩。

“这么做肯定会毁掉我的前途，但恐怕对你也没什么好处。如果事情真的发展到那样无法收拾的地步，我只能向多萝西坦白实情。她一定会觉得很受伤、很痛苦，但是她会原谅我的。”说到这儿，他有了个主意，“我不知道如实相告是不是上策。如果让她去找你丈夫，我相信她很有可能会说服沃尔特闭嘴的。”

“这么说，你是不愿意和她离婚了？”

“我得替我的孩子们着想，对吧？而且我也不希望伤她的心。我们相处得一直很愉快，你知道的。对我来说，她一直是一位贤妻良母。”

“那你以前为什么告诉我，她对你来说无关紧要？”

“我从没这么说过。我说的是我不爱她。我们分居很多年了，偶尔才睡在一起，如圣诞节、她回国前，或者她回香港那天。她对那种事早已没了兴致，但是我们一直是很好的朋友。我不妨告诉你，我对她的依赖程度任何人都想象不到。”

“难道你不觉得当时不来纠缠我更好吗？”

令她感到奇怪的是，尽管她惶恐得喘不过气，但说话的语调仍然镇定自若。

“这些年以来，你是我见过最可人的小美人。我无可救药地爱上了你，这怨不得我。”

“可是你说过你绝不会让我失望的。”

“但是，天哪，我确实不想让你失望。我们现在遇到了大麻烦，我愿尽一切努力帮你渡过难关。”

“唯独那件显而易见、最自然不过的事情除外。”

他站了起来，走回到自己的椅子旁。

“亲爱的，你要理智一点。我们最好还是坦然面对现实。我不想伤害你的感情，但我必须和你实话实说。我将我的工作和前途都视如珍宝，假以时日，我一定会成为总督，那可是一件美差。如果我们不把这档子事平息了，我就一点机会也没有了。也许我不会因此丢了工作，但总是有个污点。如果我不得不离职，那就只好留在中国经商，我在那还有些熟人。不过不管是哪种情况，我都需要多萝西支持我才行。”

“那你为什么还要对我说，这个世上除了我，你什么都不想要呢？”

他的嘴角耷拉了下来，显出不耐烦的样子。

“亲爱的，当一个男人爱上了你，他说的话是不能字字当真的。”

“那你说的并非真心话？”

“当时确实是出自真心。”

“如果沃尔特和我离婚的话，我怎么办？”

“如果我们无法解释，那就不要辩解。离婚也不会引起公众注意，人们现在对这类事情看得很开。”

基蒂第一次想到了母亲，她一阵战栗。她又一次看着汤森，痛苦之中还夹杂着怨恨。

“我相信，对我而言是天大的麻烦，对你来说根本不算回事。”

“我们就不要相互讽刺、挖苦了，这样于事无补。”他回道。

她绝望地哭了起来。她爱他如此之深，却要因此忍受这样的苦楚，这太可怕了。他根本就不理解他对她来说是多么重要。

“查利，难道你不知道我有多爱你吗？”

“亲爱的，我也爱你。但我们不是生活在荒岛上，所以我们必须尽力应付出现的各种情况。你得理智一些。”

“我怎么理智？对我来说，我们的爱情就是一切，你就是我生命的全部。可这些对你来说不过是生命中的插曲，这对我来说太痛苦了。”

“对我来说这当然不是插曲。我很依赖我的妻子，你却要我和她离婚，并且要为了娶你而断送前程，你的要求实在太过分了。”

“比起我愿意为你做的事，我的要求并不过分。”

“你我的处境完全不同。”

“唯一的区别就是你并不爱我。”

“一个男人深爱一个女人，并不意味着要和她厮守余生。”

她迅速看了他一眼，内心深感绝望，泪珠断了线似的流下脸颊。

“你对我太残忍了！你怎么这么没心没肺？”

她歇斯底里地哭诉起来。他不安地看了看门：“亲爱的，你得控制情绪。”

“你不知道我是多么爱你，”她抽泣着说，“离开你我活不下去。你对我一点也不同情吗？”

她说不下去了，号啕大哭起来。

“我不是薄情之人，上帝做证，我也不想伤害你的感情，但是我不得不实话实说。”

“你毁了我一生。你为什么要纠缠我？我做过什么伤害你的事吗？”

“如果你觉得把一切过错都推到我身上你会好受一些，那么悉听尊便。”

基蒂怒火中烧。

“你的意思是，是我主动勾引你，是我不停乞求你，你才和我相好的？”

“我没那么说。但若不是你主动投怀送抱，我怎么能上得了你的床？”

啊，真是奇耻大辱啊！她心里明白他说的是实情。现在他脸色阴郁，忧心忡忡，双手忐忑不安地比画着，还不时恼怒地瞥她一眼。

“你丈夫不肯原谅你吗？”过了一会儿他问。

“我从没求他原谅我。”

他下意识地攥紧了手。她看得出他在极力克制，且差点就要恼怒得大喊大叫。

“你为什么不去求他原谅呢？如果他真像你说的那般爱你，他一定会原谅你的。”

“你太不了解他了！”

第二十六章

她擦干眼泪，试着冷静下来。

“查利，你要是抛弃我，那我会死的。”

现在，她只好试着唤起他的同情心。她一开始就该这么告诉他的。一旦他知道了她面临的艰难选择，他的宽容、正义感和男子气概就会勃发，从而不顾一切地帮助她脱离困境。啊，她是多么渴望他能用那双强有力的臂膀疼爱、呵护自己啊！

“沃尔特让我跟他去梅潭府。”

“啊，那地方正在闹霍乱，疫情是五十年来最严重的一次。那可不是女人该去的地方，你不能跟他去。”

“你要是抛弃了我，我就不得不去了。”

“你是什么意思？我不明白。”

“那里的传教士医生去世了。沃尔特接替了他的岗位，他想让我和他一起去。”

“什么时候动身？”

“立刻，马上。”

汤森把椅子往后拉了拉，满眼疑惑地看着她。

“可能是我太笨，我不明白你在说什么。如果他要你和他去那地方，那为什么还和你离婚？”

“他给了我两个选择，要么我必须和他去梅潭府，要么他就起诉。”

“哦，我明白了。”汤森的语气微微起了点变化，“他为人还是很正派的。你觉得呢？”

"正派？"

"嗯，他冒着风险去梅潭府，精神可嘉。这事我想都不敢想。回来后他会被授予最卓越的圣米迦勒及圣乔治三等勋爵士。"[①]

"那我呢，查利？"她哭泣道，声音里饱含痛苦。

"我想，如果他要你一起去，在目前的情况下，你很难拒绝。"

"去那儿就意味着送死，必死无疑。"

"别瞎说，你夸大其词了。如果真的很危险，他是不会带你去的。你和他面临的危险都不大。实际上，如果小心行事的话，没有什么大的风险。我在这儿也遇到过霍乱，不是一样毫发无伤？记住，不要吃任何生食、生冷水果、沙拉等诸如此类的东西，水必须烧开了才能喝。"他越说越自信，开始口若悬河，脸色不再阴沉，人也活跃起来，甚至开始谈笑风生。"不管怎么说，那是他的工作，对吧？他对那些病菌感兴趣。换个角度想想，这对他来说也是一个做研究的机会。"

"那我呢，查利？"她再次问道，这次声音不再带着痛苦，而是变得惊慌失措。

"理解男人最好的办法就是换位思考。在他看来，你就是一个淘气的小女孩，他想保护你不受伤害。我一直觉得他绝不会愿意和你离婚，在我看来他绝不是那种人。他足够宽宏大量，给了你选择的余地，而你却一味拒绝，让他生气。我不想责怪你，但为了我们大家考虑，我劝你还是考虑考虑他的建议。"

"但你看不出来这会让我送了命？他带我去那儿就是想让我送命，你看不出来？"

---

① 最卓越的圣米迦勒及圣乔治勋章（The Most Distinguished Order of Saint Michael and Saint George）：简称圣米迦勒及圣乔治勋章（Order of St Michael and St George），是英国荣誉制度中的一种骑士勋章，一等勋爵士在名字后可加上勋章缩写"GCMG"，二等男勋爵士和女勋爵士则可分别加上缩写"KCMG"和"DCMG"，三等勋爵士则一概使用缩写"CMG"。

“哦，亲爱的，别这么说。我们的处境非常尴尬，不能危言耸听。”

“你是铁了心不理会我的难处了。”呵，她的心里充满了痛苦和恐惧！她几乎就要叫出声来，“你不能让我去送死。就算你不爱我、不可怜我，你总该有点正常人的情感吧。”

“你这么说，就未免对我苛求了。在我看来，你丈夫非常宽宏大量。只要你愿意，他肯定会原谅你的。他不过是想带着你离开，去其他地方待上几个月，你就不会再受到伤害，现在机会就在眼前。我不想骗你说梅潭府是个疗养胜地，但是你也没必要紧张不安。实际上，张皇失措最不可取。我相信在疫病暴发时，恐惧致死的人和因病致死的人一样多。”

“可是我现在已经吓坏了。沃尔特提起这事的时候，我几乎晕了过去。”

“乍一听来，这想法耸人听闻。但是冷静地回头想一想，这种经历不是每个人都有机会体验的。”

“我原以为，我原以为……”

她痛苦不堪，身子摇摇欲倒。他没搭话，脸上再次浮现了那种阴郁之态，这种神态她之前从未见过。基蒂已经停止了哭泣，她擦干了眼泪，镇静下来，声音虽然低沉，但是平稳。

“你希望我去？”

“你别无选择了，对吗？”

“是吗？”

“我还是实话告诉你吧，就算你丈夫起诉离婚，法院判决同意了，我也不会娶你的。”

沉默的时间显得特别漫长。最后，她缓缓地站了起来。

“我想我丈夫从来没有真的想过要打离婚官司。”

“那你为什么要把我吓得心惊肉跳的？”他问。

她冷冷地盯着他。

“他知道你会抛弃我的。”

她沉默了，隐隐约约地想通了什么，就好像初学外语的人一开始什么都看不懂，后来看到某个单词或者某句话时受到了启发，突然间，浑浑噩噩的头脑中灵光乍现，她恍然大悟。她隐约领悟到了沃尔特的用意，仿佛一道闪电划破天际，照亮了黑暗阴沉的环境，片刻之后，一切又隐藏在黑夜之中。这瞬间的顿悟让她不寒而栗。

“他之所以发出那样的威胁，是因为他清楚你会畏缩，查利。奇怪的是他对你的判断竟然分毫不差。他想让我看清这残忍的真相，想让我幡然醒悟，这的确是他的做事风格。”

查利低着头，看着面前那张吸墨水纸，眉头微微地皱了皱，嘴角耷拉着，一言不发。

“他知道你虚荣、懦弱、自私，他希望我亲眼看清你的真面目。他知道你就像只胆小的兔子，一遇到危险，只会撒腿就跑。他知道，我误以为你爱我，纯粹是自欺欺人，因为你只爱你自己，不会在乎其他人。他知道，你为了保全自己会毫不怜惜地牺牲我。”

“如果恶语中伤能让你满意的话，那我是不会抱怨的。女人总是不可理喻，总是把错误归咎于男人头上。但是另一方也并非无可指摘。”

她不理会他的插话。

“我现在完全明白了他的想法。我看清了你是个冷酷无情、没心没肺的人；我终于知道你自私自利，其程度难以用言辞形容；我终于知道你胆小如鼠，谎话连篇，骗人成性；我终于看清你就是个彻头彻尾的卑鄙小人。可悲的是……”她的脸因为痛苦已经扭曲变形，“可悲的是，尽管如此，我居然还全身心地深爱着你。”

“基蒂。”

她苦笑了一下。他相当自然地叫着她的名字，声音温柔醇厚，但这已经没有任何意义了。

“你这个蠢货。”她说。

他向后退了一步，面红耳赤，深感冒犯。他看不懂眼前这个女人了。她朝他看了一眼，目光中满是嘲弄。

“你开始讨厌我了，对吧？讨厌就讨厌吧，对我来说已经无关痛痒了。”

她开始戴手套。

“你有什么打算？”他问。

“哦，你别担心，你不会受到任何伤害。你会安然无恙的。”

“看在上帝的分上，基蒂，别这么说。”他低沉的声音里透着焦虑，“你得知道，我们是拴在一根绳上的蚂蚱。我提心吊胆，急切地想知道接下来会发生什么事。你会怎么答复你丈夫呢？”

“我会告诉他，我决定和他一起去梅潭府。”

“也许你同意了，他却不再坚持去了。”

听到他这么说，她不知为何用一种异样的眼神看着他。

“你真的不害怕了吗？”他问。

“不怕了。”她说，“你的所作所为让我鼓起了勇气。去霍乱疫区是一种独特的经历，如果我死在那儿……那也死不足惜。”

“我是真心实意地想善待你。”

她又看了他一眼，眼泪再次流了下来，心里沉甸甸的。她几乎忍不住想扑进他怀里，吻住他的唇。但现在，一切都已经于事无补了。

“不妨告诉你，”她尽力保持声音平稳，“我是带着恐惧和必死之心走的。我不知道沃尔特阴暗扭曲的心里打的是什么主意，我怕得发抖。我想，死了反倒是种解脱。”

她觉得此刻再也无法控制自己的情绪，于是迅速走到了门口，不等他起身相送就走出了办公室。汤森如释重负地舒了口气。他迫不及待地想喝上一杯白兰地加苏打水。

第二十七章

她回到家时，沃尔特也在。她原本想直接回房间，但是他正好在楼下吩咐仆人做事情。她心里难过，宁愿接受任何羞辱。于是她停下了脚步，站在他面前。

“我和你一起去梅潭府。”她说。

“哦，好极了。”

“你希望我什么时候做好动身的准备？”

“明天晚上。”

他的冷漠像长矛一样刺伤了她的心。她也不知道哪来的勇气，说出了一句让自己都吃惊不已的话。

“我想除了几件夏装和一条裹尸布之外，我不用再带什么了吧？”她盯着他看，看出这无礼的话语让他愤怒。

“我已经和女仆交代过你需要带哪些东西了。”

她点了点头，上楼进了自己的房间，脸色苍白。

第二十八章

他们终于快抵达目的地了。他们一路乘轿，日复一日地沿着堤道而行，两侧是一望无际的稻田。他们日出而行，直到中午酷热难当时，才不得不在路边的客栈歇息，随后又继续前行，直到抵达事前计划好住宿过夜的城镇。基蒂所乘的轿子走在最前面，沃尔特紧随其后，再后面是苦力们，他们肩上挑着寝具、日用品和各种设备。一路走来，基蒂对周围的乡村景色视而不见。在这漫漫旅途中，大家都沉默无言，只偶尔听见某个苦力说着什么或是唱上几句荒腔走板的小曲。她的内心备受煎熬，反复回想着查利办公室里那令人心碎的场景。回想起两人的谈话，都是些了然无趣和讨价还价的内容，她对此感到十分沮丧。她还没来得及倾诉衷肠，而且说话的语气也不是她本意。如果查利能看到她的情意绵绵、一片真心，明白她孤苦无援的处境，他一定不会抛弃她，不会让她听天由命的。一切都让她措手不及。当亲耳听到他说——他的神态溢于言表——他对她毫不在乎时，她简直不敢相信。她惊呆了，甚至没顾得上大哭一场。后来她还是流下了眼泪，哭得伤心欲绝。

晚上，她与丈夫住在客栈的上房里。沃尔特躺在离她几英尺远的行军床上，她清楚他根本没睡着。她只好咬紧枕头，生怕哭出声来。到了白天，她躲在轿帘里，放任自己痛哭流涕。她痛不欲生，恨不得声嘶力竭地高声尖叫。她从来都没有想过一个人能遭受如此之大的痛苦，她不禁问自己到底做错了什么而要忍受这样的折磨。她想不通为什么查利不爱她，她认为应该是她的错，但是她已经竭尽所能讨他欢心。他们一直相处得很融洽，时常开怀大笑，他们不仅仅是情人关系，更是好朋友。她想不出合理的解释，她被彻底击垮了。她告诉自己要恨他、鄙视他，但是一想到从此无法再和他见面，她就不知道该如何活下去。如果沃尔特是为了惩罚她而带她去梅潭府，那么他不过是自取其辱。时至今日，她还有什么可在意的呢？这辈子她已经生无可恋。可是如果二十七岁就要了此一生，那实在是有些残酷。

第二十九章

他们乘蒸汽船沿西江上行。一路上，沃尔特都在看书，吃饭的时候才偶尔说两句话，但是内容大多是些无足轻重之事，仿佛她不过是他在旅途中邂逅的陌生人。基蒂心想，他这样做不过是出于礼貌，或是在刻意强调两人之间存在的巨大鸿沟。

之前，她曾茅塞顿开，告诉查利：沃尔特给出了两个选择：要么离婚，要么与其同往疾病盛行的城市，他迫使她与查利摊牌，目的就是让她亲眼看清查利的冷漠、懦弱与自私。事实确实如此。沃尔特的这种把戏，与他素来喜欢冷嘲热讽的性格一致。他对将会发生的事情洞若观火，在她回来前就已经吩咐女仆去准备必需之物了。她在沃尔特眼里看出了厌恶，对她和她的情人的厌恶。也许沃尔特也曾自忖，如果他是汤森的话，一定会不惜一切来满足她的哪怕最微不足道的要求。她知道沃尔特一定能做得到。可是，她现在已经看清了查利的为人，他为什么还要逼迫她去如此危险的地方呢？他心里清楚，这一定会吓得她魂飞魄散。一开始，她还以为他不过是在开玩笑，等到动身之时，不，等到他们下了船换乘轿子穿越乡下时，她还在幻想着他会不会笑着告诉她不必去了。她看不透他的想法。他肯定不会是想让她送命的，之前他可是爱她爱得痴狂。如今她已经了解了爱情的真谛，记得他的丝丝柔情。她对他的态度——用一句法国谚语来说——确实是一时风雨一时晴。他绝不可能不再爱她了。难道你会因为受到了残忍的伤害就不再爱一个人了吗？她对沃尔特的伤害，远不如查利带给她的伤害大。虽然她已经看清了查利的为人，但只要他稍一示爱，她仍将抛下整个世界，不顾一切地投入他的怀抱。即使查利抛弃了她，即使他对她不闻不问，即使他冷酷刻薄，她还是爱着他。

起初她还以为只需等待时机，沃尔特迟早会原谅她的。她对自己的魅力过于自信，认为足够左右他，未曾料到那种魅力早已一去不返。大水浇不灭爱情之火。只要他还爱着她，他的心就会慢慢变软。之前她觉得沃尔特一定还爱着她，而现在她的信心已经动摇了。晚上，他坐在客栈的直背黑木椅上看书，防风灯的灯光照在他脸上。她躺在草垫上（她的床过一会儿就会搭在上面），处在阴影中，正好能够端详他。沃尔特五官端正，轮廓分明，看上去神色严肃。你无法相信这张严肃的脸上偶尔也会露出甜美的微笑。他心无旁骛地看着书，仿佛基蒂远在千里之外。她看着他翻动书页，看着他的目光逐行移动。显然，他根本不在乎她。当饭桌摆好，晚餐就绪，他把书放在一边，看了她一眼（他不知道，灯光将他的面部表情照得一清二楚）。她惊讶地发现那目光中隐隐透出一丝厌恶。是的，她感到惊讶。他是不是已经不爱她了？他是不是真的想置她于死地？这太荒唐了，这简直是疯子的所作所为。也许沃尔特已经疯了。想到这儿，她不由得打了一个寒战。

第三十章

此前一直默不作声的轿夫们突然嚷嚷起来，其中一人还转过头来，说着她听不懂的话，并打着手势，想引起她的注意。她顺着他所指的方向看去，只见山顶上有一道拱门。他们上岸之后，一路上曾路过许多这样的拱门，她现在才明白过来，那是为了向某个取得功名的学者或者某个贞节寡妇致敬而立的牌坊。夕阳映照下，这座牌坊比她见过的其他牌坊都更壮观美丽。但是不知为什么，它使她坐立不安，她总觉得能体会这座牌坊的含义，却无法用言语表达清楚。这是某种威胁，还是对她的嘲讽？她的轿子正经过一片竹林，奇形怪状的竹子斜弯向堤道，像是想挽留住她。尽管夏天的夜晚没有一丝风，但是绿色的竹叶却在微微抖动。这让她产生了错觉，觉得好像有人就藏在竹林里看着她从此经过。现在他们来到了山下，稻田已经看不见了。轿夫们迈着晃悠悠的步伐向山上走去。山上遍布绿草丛生的小土堆，密密麻麻的，仿佛退潮后海滩上留下的一个个高低不平的沙丘。每次经过人口密集的城市，她都会看见这样的土堆。她已经知道了，这就是坟地。现在她终于明白了为什么轿夫们要让她看山顶上的那个牌坊，原来他们已经抵达了旅途的终点。

他们从牌坊下面走过时，轿夫们停了下来，把轿杠换到了另一边肩膀。其中一名轿夫用脏兮兮的破布擦了把汗。堤道开始蜿蜒而下，两旁都是年久失修的破房子。

夜幕降临了。突然，轿夫们激动地叫嚷起来，猛地向旁边一闪，尽可能地贴着墙根站着。她在轿子里只觉得身子一晃。不一会儿，她就明白了轿夫们为何惊慌失措。当他们站在那喋喋不休的时候，四个农民扛着一副崭新的棺材，一言不发地快步从他们身边走过。棺材还没有上漆，新鲜的木材在渐浓的暮色中泛出白光。基蒂的心狂跳不已。棺材抬过去了，但是轿夫们却还是一动不动，似乎还没有鼓起勇气继续前行。但是后面传来了吆喝声，他们只好又上路了，但是谁也没有说话。

他们又走了几分钟，突然拐进了一道敞开的大门。轿子落了地，她到了。

第三十一章

这是一座平房。她走进客厅，坐了下来，苦力们也挑着行李物品陆陆续续地到了。沃尔特站在院子里，给他们指明每一件物品的摆放位置。她太累了，这时一个陌生的声音吓了她一跳。

“我可以进来吗？”

她的脸红了一下，接着又变白了。她身心俱疲，这时要接待一位陌生人，让她紧张不已。这个狭长低矮的房间里只点了一盏蒙着灯罩的灯，这个人就像是从黑暗中走出来的，向她伸出了手。

“我叫沃丁顿，是这里的副关长。”

“哦，是海关的。我知道，我听说你在这儿。”

昏暗的灯光下，她只能看清他身材瘦小，不比自己高，秃顶，长着一张光净的小脸。

“我就住在山下，但是你们来时走的路看不到我家。我想你们一定很疲惫，无法去我家一起用餐，因此我不请自到地在这儿给你们备好了晚饭。”

“感谢您安排得如此周到。”

“这里的厨子手艺不错。我把沃森的仆人留下来供你们使唤。”

“沃森就是这里的传教士吧？”

“是的，他是个好人。如果你愿意的话，明天我带你去他的墓地看看。”

“谢谢你。”基蒂笑着回答。

这时沃尔特走了进来。沃丁顿在进屋见到基蒂之前已经向他自我介绍了一番，他说：

“我刚和您太太说了，我和你们一起吃饭。在沃森死后，除了修女，我就没机会和任何人说话了，而且我的法语说得很糟。再说，我和她们也实在没什么可说的。”

“我已经让仆人去拿酒水了。”沃尔特说。

仆人拿来了威士忌酒和苏打水。基蒂注意到沃丁顿毫不客气，他自斟自饮起来。从他说话的样子和动不动就呵呵直笑的举止来看，这人进屋前就已经有几分醉意了。

“祝大家好运。”他说完后转向沃尔特，“有你忙活的了。这里的人像苍蝇一样死去，治安官早就焦头烂额了，掌管军权的于上校整天为了防止手下的士兵趁火打劫而忙得不可开交。要是再不采取措施控制形势，我们很快就会被谋杀在自己的床上。我想把那些修女打发走，但是她们不愿意。她们一心想殉教，真是见鬼。”

他言辞轻浮，声音里还带着古怪的笑声，让你不得不笑着听他说下去。

“你怎么不走呢？”沃尔特问。

“我手下的职员已经死亡过半，剩下的也随时可能丧命。总得有人留下来料理善后吧。”

“你注射过疫苗吗？”

“是的，沃森给我注射过疫苗。他自己也注射过，不过看来没用，可怜的人啊。”他转过头看着基蒂，滑稽的小脸上乐呵呵地泛起了皱纹，“我想，如果你们采取了必要的预防措施，那么不会有太大的危险。牛奶和水都要煮开了才能喝，不要吃新摘的水果和没煮熟的蔬菜。你们有带留声机唱片来吗？”

“没有。”基蒂回答。

“太遗憾了，我还想你们会带来。我很久没听新唱片了，老唱片我都听腻了。”

仆人进来问他们是否开饭。

“你们就不用换衣服了吧？”沃丁顿问，“我的仆人上个星期死了，现在的仆人笨手笨脚的，所以我晚上也不换衣服了。”

“我去把帽子摘下来。”基蒂说。

她的房间就在他们所在这间房的隔壁。房间里几乎没有家具。一个女仆跪在地上，身边放着一盏灯，正在整理基蒂的用品。

第三十二章

餐厅很小，大部分空间都为一张巨大的餐桌所占据。墙上挂着版画，都是《圣经》故事中的场景，还附有说明文字。

“传教士们总喜欢用大的餐桌。”沃丁顿解释道，“他们孩子众多，每过一年就会多生一个。因此他们结婚时就买好了大桌子，以便有足够的空间能坐下这些不速之客。”

一盏大煤油灯从天花板上吊下来，就着灯光，基蒂总算看清了沃丁顿的长相。由于他秃顶，基蒂还以为他年龄较大，但现在她看出沃丁顿远不到四十岁。他的额头宽阔圆润，额下长着一张小脸，脸上没有皱纹，气色不错。虽说这张脸其貌不扬，丑得像只猴子，但也不无可取之处，因为它看着让人忍俊不禁。他的鼻子和嘴比小孩的大不了多少。他长着一双明亮的蓝色小眼睛，眉毛稀疏浅淡，看着像个滑稽的老顽童。他不停地自斟自饮，在晚餐结束之前就已经醉意朦胧。但即使喝醉了，他也不惹是生非，依然快活自乐，活像从沉睡的牧羊人那里偷走了酒囊的森林之神萨梯①。

他们谈到了香港。他在那儿有许多朋友，想了解他们的近况。一年前他曾去看赛马会。他谈起了参赛的骏马和它们的主人。

“顺便问一句，汤森怎么样了？”他突然问道，“他是不是快升任辅政司了？”

基蒂满脸绯红，但沃尔特没看她。

---

① 萨梯（Satyr）：森林之神，在希腊神话中被描绘为半人半羊，人身羊腿羊角，好酒贪色。

“十之八九吧。”他回答道。

“他可算是官场得意。”

“你认识他？”沃尔特问。

“是的，我和他很熟。我们还曾结伴出游过。”

这时，河对岸传来敲锣和鞭炮的声音。与他们近在咫尺的城市如今被笼罩在恐怖之中，残酷无情的死亡不期而至，从曲折的街道上肆虐而过。但沃丁顿话锋一转，聊起了伦敦。他兴致勃勃地谈起了戏院，对此刻上映的戏了如指掌，对上次休假回国时看过的戏能道其详。说起某位低俗喜剧家的幽默表演，他乐得哈哈大笑；谈到音乐喜剧中某位明星的美貌时，他称赞有加。他很高兴地向他们炫耀，说自己的一位表弟娶了最有名的女星。他曾和这位女星共进午餐，她还送了照片给他。下次他们来海关和他一起用餐时，他就把照片拿给他们看。

沃尔特用冷漠嘲弄的眼神盯着这位客人看。显然，沃丁顿谈及的话题并不让他觉得有趣，但他又不得不装出一副饶有兴致的模样。基蒂对这些话题耳熟能详，但他却一无所知。他的嘴角隐约露出一抹微笑，这让基蒂感到一阵莫名的恐惧。身处这座已故传教士的房子，与一座疫病肆虐的城市隔河相对，他们似乎与世隔绝，仿佛三个离群索居的陌路人。

晚餐结束了，基蒂站了起来。

“我要就此和你们道晚安了，我要休息去了。”

“我也要走了，我想医生也该休息了。”沃丁顿回答，“明天一早我们就要出门。”

他和基蒂握手道别。他脚步还算稳健，但眼睛却比之前更亮了。

“我明天来接你，”他告诉沃尔特，“先带你去见治安官和于上校，然后再一起去女修道院。实话告诉你，你要做的事情可多了。”

第三十三章

一晚上她怪梦不断，备受折磨。梦中她似乎坐在轿子上，轿夫们迈着大步，晃晃悠悠地抬着轿子，她在轿内也跟着晃个不停。她进入了空旷而昏暗的城市，成群的人簇拥在她身边，都用好奇的目光打量着她。街道狭窄曲折，开门营业的店里摆满了各种奇怪的货品。当她经过时，满街的车辆和行人都停了下来，正在交易的人们也静止了。接着，她来到了那座纪念牌坊那儿，它那雄伟的外观似乎突然之间被赋予了生命，它的轮廓变化不定，仿佛印度教的神仙在挥舞着手臂。当走过牌坊下方时，她听见了一阵嘲笑声的回音。查利·汤森走了出来，一把搂住她，将她从轿子上抱了下来。他说这一切都是误会，他从没打算如此对待她，因为他爱她，离开她就活不下去了。她感到他在不停地吻着她，不禁激动得热泪盈眶，质问他之前为何如此残忍。尽管她嘴上在质问他，但心里早已原谅他了。这时，一声嘶哑粗鲁的吼叫传来，原先紧抱的他俩被迫分开了，一群穿着破烂蓝衫的苦力扛着一口棺材，悄无声息地从他们之间匆匆穿行而过。

她在一阵惊吓中清醒了。

这座平房建在半山腰上。凭窗远眺，她能看见山脚下那条狭窄的小河和河对面的城市。天刚破晓，河面上升起一层白色薄雾，停泊在河上的帆船全都被笼罩在雾霭之中，一艘紧挨着一艘，好像豆荚中的一颗颗豌豆。帆船有数百艘之多，全都无声无息地停泊着，在诡异的光线下，看上去神秘莫测。恍惚之间让人不禁觉得船员们都被施了魔法，因为他们一动不动、哑然无声，好像不是睡着了，而是中了某种奇怪可怕的咒语。

清晨渐渐来临，在阳光的照射下，那层雾气发出闪闪白光，仿佛白雪幽灵降落在即将消逝的星球上。虽然河面上的雾霭不浓，可以隐约分辨出成排拥挤的帆船和林立的桅杆，但是迎面看去，薄雾构成了一道目光无法穿透的白晃晃的墙幕。突然间一座高耸阴森的庞大城堡从那道白色雾墙后浮现出来。这似乎是太阳照射下一切显现的结果，又像是魔杖凭空点化而来。这座城堡就像原始野蛮民族的要塞一样矗立在河流上空。魔术师很快又在城堡上方变出了一段彩壁，不一会儿，一组黄绿相间的屋顶也在薄雾中隐约可辨，上面四处洒满了金色阳光的光辉。它们看上去无比庞大，让人无法辨认出形状。它们排列的规律——如果说有规律的话——让人无法辨别。它们凌乱参差，但却有一种超乎想象的华丽之美。这既不是城堡，也不是寺庙，而是众神居住的魔幻宫殿，凡人不可踏足。这座城堡是那么巍峨高耸、富丽堂皇、虚无缥缈，绝不可能出自人类之手，只可能是梦境构建的奇物。

眼泪顺着基蒂的脸颊流了下来，她凝神注视着它，双手紧紧地贴在胸前，屏住呼吸，嘴巴微张着。她的内心感到前所未有的轻松，她觉得她的身体不过是双脚支撑着的一具躯壳，而灵魂得到了净化，变得纯洁无比。眼前一切就是至美之景。她看得如痴如醉，犹如虔诚的教徒嘴里含着上帝化身的圣饼一般。

第三十四章

沃尔特一早就出门了，只在午餐时间回来过半小时，然后一直到晚餐准备好后才回家。基蒂倍感孤单，一连几天她都足不出户。天气很热，大部分时间她都躺在窗边的长椅上看书。正午的强光照射下，神秘的宫殿已经失去了它奇幻的色彩，现在它不过是城墙上一座俗艳破败的寺庙。不过她曾满心欢喜地见过这座庙宇至美动人的一面，因此于她而言，它不再是一座普通的寺庙了。每当清晨或薄暮时分，甚至晚上，她时常能重温那至美之景。而她先前以为是城堡的庞然大物，不过是一堵高大的城墙而已。她常常望着它出神。城垛后面的城市里，恐怖的瘟疫正在肆虐。

她心中隐约清楚那里正在发生可怕的事。这并不是沃尔特告诉他的。她问他时（如果不问的话，他几乎不和她说话），他的回复十分冷淡，还带着调侃，让她的脊梁骨阵阵发凉。她是从沃丁顿和女仆那儿得知的，每天都有一百多人因病死去，患病的人几乎没有生还的希望。人们从废弃的寺庙中将神像搬了出来放在大街上，并摆满了祭品，但这并没有阻止疫病的蔓延。死亡人数急剧增加，许多尸体都来不及掩埋。有些家庭无一人幸免于难，连后事都无人操办。掌管军权的军官是个铁腕人物，正是他处理得果断，才让这座城市没有毁于骚乱和火灾。他强令士兵们掩埋那些无人料理后事的尸体，并亲手枪决了一名不愿进入受灾户的军官。

基蒂感到极度恐惧，心头如坠重石，浑身颤抖。所谓只要采取得当的预防措施就没有感染的风险，都是说得好听而已，她早已吓得魂飞魄散。她脑海中一遍遍地浮现着逃跑的计划。逃出去，只要逃出去就行，她打算只带随身物品孤身上路，逃到一个安全的地方。她想过把事情的原委告诉沃丁顿，以博得他的同情，恳求他帮助她逃回香港。如果她向丈夫屈膝求饶，讲明内心的恐惧，那么尽管沃尔特怨恨她，他也一定会以正常人的同情心可怜她的。

但这都是不可能的。她就算逃了，能去哪儿呢？肯定不能回娘家。母亲会告诉她，嫁出去的女儿如同泼出去的水。何况她也不愿去投奔母亲。她想去找查利，但是他已经抛弃她了。如果她突然出现在他的面前，他一定不会说出什么好话。她已经看透了查利那阴郁的表情和那双迷人眼睛背后所隐藏的狡猾和冷酷。她攥起了拳头，巴不得狠狠地羞辱他一顿，就像他曾经羞辱自己一样。有时她还会冒出疯狂的念头，她真希望沃尔特能跟她离婚，只要能毁了查利，她不惜以毁掉自己为代价。一想起查利对她说过的一些话，她就羞愧得满脸通红。

第三十五章

基蒂第一次和沃丁顿单独相处时，主动把话题扯到了查利身上。他们刚抵达此地的那晚，沃丁顿曾谈起过查利。她佯装查利不过是她丈夫的一位熟人。

“我对他一点也不感冒，”沃丁顿说，“我一直觉得他很讨厌。”

“一定是你太苛刻了，”基蒂佯装轻松，打趣地应道，“我估计他是全香港最受欢迎的外国人了。”

“我知道，那是他的钻营之道，在拉拢人心方面他精于此道。他生来就有一种天赋，能让每一个他见过的人都对他有一种相见恨晚的感觉。只要不给他自己造成麻烦，他都能随时准备为人两肋插刀，就算未必能让你满意，他也能设法让你产生一种非人力所能为之的印象。”

“这种本事的确很有魅力。”

“只靠魅力最终只会让人厌倦。相比之下，跟一个没什么魅力但待人更真诚的人相处会更轻松一些。我认识查利·汤森已经很多年了，有那么一两次我偶然发现了他卸下伪装之后的真面目——你也知道，我在海关不过是个低级别官员，位卑言轻——在我看来，除了他自己之外，他从没在乎过世界上的任何一个人。”

基蒂悠闲地靠在椅子上，笑眯眯地看着他，不时转动着手指上戴着的结婚戒指。

“他熟谙官场规矩，肯定会平步青云。我可以肯定，在我有生之年一定会尊称他为‘阁下’，他进屋时我还得起立致敬。”

“大多数人都觉得他理应得到提拔。他的能力卓越是公认的。”

“能力卓越？纯属胡扯！他就是个蠢蛋。他看上去干练麻利、聪明过人，但那其实都是假象，事实根本并非如此。他就像那些欧亚混血的小职员[①]，做事勤奋有加，但只会卖死力。”

“那大家怎么会夸他聪明呢？”

“这世上愚蠢的人太多。如果有人身居高位，却又不摆架子，还和他们勾肩搭背地承诺愿意尽力提供帮助，人们自然会觉得他聪明。当然，这都要归功于查利的太太，她可真的是个精明能干的女人。她头脑敏锐，建议中肯。只要查利·汤森有她做幕后军师，那自然能高枕无忧、步步安稳。得妻如此，是官场之人仕途通达的首要条件。官场上不需要聪明人，因为聪明反被聪明误。官场上需要的是有人格魅力、处事圆滑、安分守己的可靠之人。是的，查利·汤森肯定会攀上仕途巅峰。”

“我不明白你为什么讨厌他？”

“我可没有讨厌他。”

“你更喜欢的是他太太吧？”基蒂笑道。

“我是个守旧之人，喜欢有教养的女子。”

“我倒真希望她的衣着能和她的教养一样得体。”

“她衣着不当吗？我从未注意过。”

“我听说，他们夫妻恩爱有加。”基蒂边说边透过睫毛看着他。

“他很爱他太太，这一点值得称道。恐怕这也是他身上最大的优点了。”

“这个赞扬很客观。”

“他也会和别的女人打情骂俏，但都是逢场作戏。他太狡猾，懂

---

① 19、20世纪在华洋种族交往的环境下，香港诞生了欧亚混血族群。该族群的特色是父亲多为洋人，母亲是华人。在那个种族主义强烈、文化本位心理作祟的年代，华洋社会均对非我族类嗤之以鼻，不愿与对方来往。这些混血族群，更因其父母公然违背各自社会的禁忌而成为两地社会共同排挤的对象（参见郑宏泰、黄绍伦《香港欧亚混血买办崛起之谜》，《史林》2010年第2期）。

得见好就收，不会给自己造成不便。当然，他并非天生情种，不过是爱慕虚荣罢了。他喜欢受人膜拜。如今他年过四十，养尊处优久了，身体发福。但他刚到香港时可是英俊潇洒。我常听他太太拿他的风流韵事来取笑他。”

“她不介意他在外面拈花惹草？”

“不介意，她心里清楚，这种事不会长久。她说她真想和查利那些可怜的小情人交个朋友，但她们实在太过普通。她还说，那些爱上她丈夫的女人都是些平庸的货色，这让她觉得脸上无光。”

第三十六章

沃丁顿离开后，基蒂一直在思考他无意之间说的那些话。这些话听来让人颇觉刺耳，她不得不努力掩饰自己所受到的刺激。想到他说的都是实情，她心里十分苦涩。她知道查利愚蠢、虚荣，爱听奉承话。她还清楚地记得他向自己讲述一些故事以显耀聪明时那副自鸣得意的样子，他总是为自己的小聪明而沾沾自喜。她居然为了那双好看的眼睛和优美的身材而全身心地爱上了这样的男人，真是太轻贱了。她很想鄙视他，因为她清楚如果只是恨他，那就说明她还爱着他。他对她如此薄情寡义，她早该擦亮眼睛了。沃尔特一向对他极为鄙视。唉，但愿能从此把他忘记！他太太是否也把她对查利的深情迷恋当作笑料？多萝西本想和她交个朋友，却发现她不过是平庸之辈。基蒂轻轻地笑了：要是母亲知道了自己的女儿如此为人轻视，一定会义愤填膺！

但是，当晚她又梦见了查利，梦见他用双臂紧抱着她，狂热地吻她的唇。就算他年过四十，身体发福，那又何妨？想到他自己对此介怀，她不禁笑了，笑得柔情似水。他孩子气的虚荣心反而更激起了她的爱意、怜悯和体恤。当基蒂睡醒时，早已是泪眼蒙眬。

不知何故，在梦中哭泣更让她觉得自己可悲。

第三十七章

她每天都能见到沃丁顿。他忙完一天的工作后，总要漫步上山，到费恩家住的平房来。一个星期后，他们已经相当熟稔了，若是放在平时，要达到这样的熟悉程度恐怕一年时间也不够。有一次基蒂对他说，要是没有他的话，她都不知道在这里能做些什么。他听了哈哈大笑，回答道：

“你看，在这里只有你我两人能安安静静、和平安宁地在地上行走。那些修女在天堂里行走，而你丈夫则是在黑暗中行走。”

尽管她漫不经心地笑了笑，但还是暗地里寻思他的话是什么意思。她感觉到他在用那双欢乐的蓝色小眼睛审视着她，虽然他的脸上带着和蔼可亲的表情，却令人心中隐隐不安。基蒂早就发现沃丁顿其实很精明，已经对她和沃尔特的关系心生疑惑。她乘机故布疑阵，自娱自乐。她对沃丁顿颇有好感，也知道他对自己没有恶意。他不算聪明，也不够机敏，但能够对事情做出客观公正、入木三分的评判，倒也让人觉得有趣。他头顶光秃，长着一张孩子气的脸，笑起来满脸皱纹，说起话来让人忍俊不禁。多年来他一直被外派在边远地区，几乎找不到和相同肤色的人聊天的机会，这使得他性格古怪不羁。他有各种狂热的念头，怪癖也多，说起话来坦率直接，常令人耳目一新。他似乎对生活抱着玩世不恭的心态，对香港当局的嘲讽尖酸刻薄。他也同样嘲笑梅潭府的那些官员，连正在毁灭这座城市的霍乱疫情也是他嘲弄的对象。无论是讲悲剧故事，还是讲英雄传奇，他总能把它们说得荒诞离奇。他在中国二十年了，积累了大量奇闻轶事，听完后不免让人觉得地球真是个怪诞可笑的地方。

尽管他不承认自己是个中国通（他信誓旦旦地说汉学家们都像疯子），但他却能说一口流利的中国话。他读书不多，所学的知识都是从与别人的交谈中得来的。他经常给基蒂讲中文小说中的故事和中国历史典故，尽管语带戏谑（他天性如此），但也算妙趣横生、亲切动人。

在基蒂看来，也许他在潜移默化中接受了中国人的观念，认为欧洲是蛮荒之地，人们过着愚昧的生活；只有在中国，明智的人才能从生活中悟出几分真谛。这足以让人反思：基蒂之前听人说起中国，尽是些负面，如颓废、肮脏得无法言表的评论。如今，就像窗帘被暂时掀开了一角，她瞥见了一个闻所未闻、五彩斑斓、意味隽永的世界。

他坐在那里谈笑风生，推杯换盏。

“你不觉得喝得太多了吗？”基蒂冒昧地问道。

“这是我生活中最大的乐趣。”他回答，“此外，也能预防霍乱。”

他离开时总是酩酊大醉，但还算自控得体，虽然醉态滑稽，但并不惹人生厌。

一天晚上，沃尔特回来得比平时要早，就请他留下吃饭。一件奇怪的事情发生了。他们喝过汤，吃了鱼，仆人端上了一盘鸡肉，并把一盘生菜沙拉递给了基蒂。

“上帝啊，那可不能吃。”当看见基蒂吃了一些生菜沙拉后，沃丁顿叫了起来。

“没关系，我们每晚都吃。”

“我太太很喜欢生菜沙拉。”沃尔特说。

当这盘菜被递给沃丁顿时，他摇了摇头拒绝了。

“多谢盛情，但是我还不想自杀。”

沃尔特阴郁地笑了笑，然后自顾自地吃了起来。沃丁顿没再说什么，变得沉默寡言。晚饭后不久他就走了。

的确，他们每晚都吃沙拉。他们来这儿两天后，厨师就漫不经心地做了生菜沙拉并端上了桌。基蒂想都没想就吃了。沃尔特迅速向前探了探身子。

“别吃。这厨师疯了，居然把沙拉端上来。”

“为什么不能吃？”基蒂盯着他的脸问道。

“吃生菜沙拉太危险了，眼下更不能吃。吃了会没命的！”

“这不正是你带我来此的本意吗？”基蒂问。

她被一种不自觉的蛮勇所支配，不管不顾地吃了起来。她讥讽地看着沃尔特，发觉他的脸色略显苍白。但是当沙拉端到他面前时，他也吃了一些。厨师发现他们对这道菜并不抗拒，就每天晚上都给他们做生菜沙拉。他们每天都冒着死亡的风险吃下去，实在荒唐。基蒂对疾病恐惧至极，之所以这么做，既是为了蓄意报复沃尔特，也是对心中极度恐惧的嘲讽。

第三十八章

第二天下午，沃丁顿来到了他们住的平房。甫一落座，他就问基蒂是否愿意和他出去走走。基蒂自从来到这里后就没再出过门，自然欣然应允。

“我们能散步的地方可不太多，”他说，“还是去山顶上走走吧。”

“好的，就去牌坊那儿吧，我常在阳台上看到它。”

一位仆人帮他们打开了沉重的大门，他们踏上了户外那条尘土飞扬的小路。刚走了没几码远，基蒂突然惊叫起来，死死地抓住了沃丁顿的胳膊。

“你看！”

“怎么了？”

墙角下有一个人仰面躺着，两腿平伸，双手高举过头顶。他身穿缀着补丁的蓝色衣衫，头发乱蓬蓬的，一副典型的乞丐模样。

“看样子他已经死了。”基蒂呼吸急促地说。

“他已经死了。我们走吧，你最好别往那边看。我们散步回来后，我就让人把尸体移开。”

但是基蒂浑身剧烈颤抖，几乎迈不开步子。

“我之前从没见过死人。”

“你最好还是尽快适应，因为你只要还在这里，就会见到更多死人。”

他拉着她的手，让她挽住了自己的胳膊，两人默默无言地走了一会儿。

“那个人是死于霍乱吗？”她最终忍不住问道。

“应该是的。”

他们漫步走上了小山，来到了牌坊前，只见牌坊上雕刻着琳琅满目的图案。它高大雄伟，仿佛是周边地区的地标，但又富有讽刺意味。他们坐在牌坊的基座上，俯视着广袤的平原。山坡上密密麻麻地分布着坟冢，坟上绿草丛生。这些坟墓杂乱无序，让人觉得坟下尸体应该也是胡乱堆填的。绿色的稻田里，一条狭窄的堤道蜿蜒着向前延伸。一个小男孩坐在水牛背上，慢悠悠地往家的方向走；三个头戴草帽的农民挑着重担，一步三摇地向前走着。白天的暑气消散后，傍晚在牌坊这里坐着能感受到习习凉风，真是惬意。远眺广袤的田野，饱受痛苦折磨的心也能体会片刻的宁静。但是基蒂还是时不时地想起那个死去的乞丐。

“你身边到处都在死人，你怎么还能有说有笑、开怀痛饮呢？”她突然问道。

沃丁顿没有回答。他转过身子，看着基蒂，然后把手放在她的胳膊上。

“你心里清楚，这可不是女人能待的地方。”他严肃地说，“你为什么不肯离开呢？”

她透过长长的睫毛斜着看了他一眼，嘴角泛出一丝笑意。

“我觉得在眼下的形势下，妻子应该与丈夫同舟共济。”

“当他们发来电报，告诉我你会随费恩一起来这里时，别提我有多震惊了。但是我转念一想，可能你是名护士，护理病人本来就是你分内之事。我原以为你和医院的其他女人一样不苟言笑，落在你手里的病人总会受尽苦难。可是当我在平房里看见你坐在那儿休息时，我几乎惊呆了。你看上去面容苍白、身体虚弱、疲惫不堪。”

“赶了九天的路，你还指望我面色红润如常吗？”

“你现在看上去和当时一样。恕我直言，你看上去非常沮丧。”

基蒂不由得满脸通红，但还是强颜欢笑，装出快乐的样子。

“很抱歉，我的表情让你产生了误解。我看上去闷闷不乐的唯一原因是我的鼻子比较长，这我在十二岁那年就知道了。但是摆出一副郁郁寡欢的样子，往往能让女人显得我见犹怜，你想象不到当年有多少俊男美女想要安慰我呢。”

沃丁顿炯炯有神的蓝眼睛盯着她看，她知道他根本就不信她说的那些话。但是只要他不点破，她才不在乎呢。

“我知道你们结婚的时间不长，但我能肯定，你和你丈夫正是如胶似漆的阶段。我不敢相信他会要你来这种地方，或许是因为你坚决不肯独自守在香港。”

“你的解释合情合理。”她淡淡地说。

“是的，但却并非事实。”

她等着他继续说下去，她生怕他说出什么，因为她早已知道他聪敏过人，而且一向心直口快。但是她又抵制不了想听听他对自己的看法的诱惑。

“我觉得你根本就不爱你的丈夫。我甚至觉得你讨厌他，就算你恨他，我也不会觉得意外。但是我看得出来，你很怕他。”

沃丁顿的话显然戳中了她。她把头扭开了，不愿他有所察觉。

“我怀疑你不喜欢我丈夫。”她冷冷地反唇相讥。

“我很尊敬他。他既聪明又有个性，说实话，这两种品质兼而有之的人很少见。我想你可能不了解他在这儿的工作，因为我觉得你和他没什么共同话题。如果说有谁能单枪匹马地控制这次的疫情，我想那个人非他莫属。他一直在救治病人、整治环境、净化饮用水。他每天都要冒二十次的生命危险，但他从不计较去哪儿，也不在乎要做些什么。于上校对他信任有加，并听从他的建议，把部队交给他调用。他甚至让治安官也重鼓勇气，老家伙现在还真的想有所作为。修道院的修女们更是对他死心塌地，把他当作英雄看待。”

“你觉得呢？”

“说到底，这不是他的本职工作，对吧？他是个细菌学家，并没有人要求他来这儿。我看不出他是因为出于对濒临死亡的人心怀同情才来这儿的。沃森就不一样了，他有悲天悯人的情怀。尽管他是传教士，但他对基督徒、佛教徒、儒教徒都一视同仁，他们都是人。你丈夫来这儿，可不是因为有十万人死于霍乱而对此担忧不已，也不是出于对科学研究的兴趣。那他来这里到底是什么目的呢？”

“你还是自己问他吧。”

“我很好奇你们在一起时是如何相处的。我有时还会想你们俩独处时会是什么样子。我在场时你们俩都在演戏，而且演技极差。如果技止于此，那在巡演剧团里你们一周连三十先令都挣不到。”

“我不知道你在说什么。”基蒂故作轻松地笑道，但她知道这骗不了他。

“你很漂亮，但你丈夫却从不看你一眼，这太奇怪了。他和你说话时的声音，听上去并不是他自己的，而是别人的。”

“你是说他不爱我吗？”基蒂脸色一变，沉声问道，声音嘶哑。

“我不知道。我不知道他是不是讨厌你，甚至一靠近你就全身起鸡皮疙瘩，还是他痴恋着你，但从不轻易显露？我还自问过，你们该不会是相约来此地自杀的吧？”

沃丁顿向她投来惊悚的一瞥，然后又用审视的目光看着她。这种目光，基蒂曾在那晚吃生菜沙拉时见到过。

“我觉得你对几片生菜叶子太小题大做了。”她满不在乎地说道，然后站起身来，“我们回去吧？我想你一定想要喝上一杯威士忌兑苏打水。”

“你可不像是个女英雄。你恐惧至极，你确定真的不想离开此地吗？”

“这和你有什么关系呢？”

“我可以帮你。”

“你该不会为我这副黯然神伤的样子动心了吧？仔细看着我的脸，然后告诉我，我的鼻子是不是偏长？”

他若有所思地看着她，明亮的眼里流露出一丝刻薄的嘲讽，但其中还夹杂着一层阴影，就像岸边的树映在水中的倒影，那是一种特别的善意。基蒂为此突然感动得泪盈双眼。

“你非得留下来吗？”

“是的。”

他们从雄伟壮观的牌坊下走过，径直下了山。回到平房时，他们又看见了那个死去乞丐的尸体。他挽住她的胳膊，但她却挣脱了，站在那里一动不动。

“太可怕了，对吗？”

“什么太可怕了？死亡？”

“是的。在死亡面前，一切都显得微不足道。他已经不成人样了。看着他，你很难相信他曾经是个活生生的人。很难想象几年前他还是个小男孩，一路飞跑下山，边放着风筝。”

她再也无法控制自己，开始抽泣起来。

第三十九章

几天后，沃丁顿端着一大杯威士忌兑苏打水，坐在基蒂身边，向她介绍起了女修道院。

“修道院的院长是位了不起的女性，”他说，“修女们告诉我，她出身于法国的名门望族，但没有具体说是哪个家族。她们说院长不愿意此事成为别人的谈资。”

“你这么感兴趣，为什么不自己问院长呢？”基蒂笑道。

“你要是对她有所了解，你就会知道，贸然问她这种事，是不可能得到回答的。”

“她如此受你敬重，一定是位卓尔不凡的人物。”

“我是来替她捎口信的。她要我转告你，尽管你可能不愿意冒险进入疫区的中心地带，但如果你愿意的话，她很乐意带你参观一下女修道院。”

“非常感谢。真没想到，她还会知道我。”

“我和她提起过你。我每周去女修道院两三次，看看能否帮得上忙，而且我敢肯定你丈夫也和他们提起过你。我先提醒你一下，她们对你先生可是钦佩有加。”

“你是天主教徒吗？”

他眨了眨狡黠的眼睛，滑稽的小脸笑得起了皱纹。

“你为什么冲我傻笑？”基蒂问。

“进教堂[①]有什么好处吗？我不是天主教徒，而是英国国教[②]的信徒。这其实是一种委婉的说辞，意味着你没有什么信仰……十年前，院长带着七名修女来到了这里，如今还活着的只剩下三名了。你瞧，就算是太平盛世，梅潭府也不是什么休养胜地。她们就住在城中心，那是最穷的地区。她们工作劳苦，从来没有假期。”

“修道院里现在除了院长，只有三名修女？”

“不是的，后来又来了几名，如今一共有六名修女。霍乱初始时死了一名修女，但是从广东又来了两名。”

基蒂打了个寒战。

“你冷吗？”

“不冷，可能是有人在我坟上走过。”

“一旦她们离开法国，就意味着永远回不去了。她们不像新教传教士那样时常可以休假一年。我觉得最残酷的事莫过于有家不能回。我们英国人并没有很深的故国情怀，因此可以四海为家。但是我想法国人往往觉得故土情深，这几乎与他们血脉相连，无法割舍。因此一旦离开故土，她们无论走到哪儿都不会安心。想到这些修女做出了这么大的牺牲，我就深受感动。假如我是天主教徒的话，我也会把这一切牺牲都看作理所当然。”

基蒂冷冷地看着他，她无法完全理解这个矮个子男人话里饱含的那种情感，她甚至心里打鼓，怀疑他是不是装腔作势。他喝了不少

---

① 原文为 Galilee，Galilee（教堂门廊）来自拉丁词源 *Galilaea* 指加利利地区。因教堂门廊位于西端，象征“圣域入口”。

② 英国国教（the Church of England）：又名英格兰圣公会，为西方基督教新教的一个分支。它结合天主教和新教传统，拒绝承认罗马教皇权威，认其君主为最高领袖；16 世纪基督教改革运动前曾属天主教，亨利八世试图与阿拉贡的凯瑟琳离婚失败后，即否认罗马教皇拥有最高权力，将教会归入君王管辖，从此英国国王或女王成了英国国教的最高统治者。在当今英国，一般由英国首相（the Prime Minister）提名，然后由英国国王任命两位英国大主教（Archbishops）和所有主教。

威士忌，恐怕已经不太清醒了。

“你自己去看看吧。”他看出了她的心思，带着奚落她的笑容说道，“去那儿的危险性不比生吃西红柿大多少。”

“你都不怕，我有什么可怕的呢？”

“你肯定会感兴趣的，那地方有点像法国。”

第四十章

他们乘坐舢板过了河。上岸之处停着一乘轿子。基蒂坐着轿子上了山，来到水闸附近。苦力们就在此处挑取河水。他们肩挑着两只大水桶，急匆匆地来回穿梭，桶里的水溅了出来，打湿了堤道，仿佛刚下过一场大雨。抬着基蒂的轿夫们急促地大声呼喝，催他们让路。

“所有的贸易都暂停了。”走在她旁边的沃丁顿说道，“平日里，苦力们往来不绝，从船上装货卸货，你只能一路和他们抢道而行。”

街道蜿蜒曲折，基蒂已经迷失了方向，不知身在何处。沿街的很多商店都关门了。在来梅潭府的途中，基蒂已经对肮脏的街道见怪不怪了，但这里情况更甚，街上堆满了垃圾和废弃物，看上去已有几个星期无人清理，臭气熏天，她不得不用手帕掩鼻而过。以前穿行在城市的大街小巷，她对围观的人群不胜其烦，但现在她只能感受到人们向她投来的冷漠的目光。街上行人稀少，不再像往常那般熙熙攘攘，他们似乎都在忙着自己的事情，一副担惊受怕、无精打采的样子。他们偶尔会听见从经过的房子里持续传出的敲锣声和不明乐器发出的刺耳的声音。在那些紧闭的大门之后，都躺着死人。

“我们到了。”沃丁顿终于说道。

轿子在一扇小门前停了下来，门上嵌着一个十字架，门两侧是长长的白墙。基蒂下了轿，沃丁顿按了按门铃。

“别指望有什么豪华的摆设，她们穷得很。”

开门的是位中国姑娘，她和沃丁顿谈了两句后，就带着他们进入了走廊一侧的一个小房间。房间里摆着一张大桌子，上面盖着方格图案的油布，靠墙摆着几把硬木椅。房间尽头摆着一尊圣母玛利亚的石膏像。不一会儿，一位修女走了进来，她个头矮小，体态丰满，相貌平平，两颊红润，眼睛里闪着快乐的神色。沃丁顿称她为圣约瑟芙修女，并向她介绍了基蒂。

“这就是医生的太太吧？”[①] 她微笑着问，随后又告诉他们院长马上就来。

圣约瑟芙修女不会说英语，基蒂的法语也说得结结巴巴，而沃丁顿却能说一口虽不地道但足够流利的法语。他侃侃而谈，不时地插入几句俏皮话，把这位好脾气的修女逗得笑个不停。她那轻松愉快的笑声让基蒂吃惊不已。她原以为修女们总是不苟言笑，但这个修女甜美纯真的快乐深深地打动了她。

---

① 原文为法语：C’est la dame du docteur?

第四十一章

门打开了。奇怪的是，门打开的方式不太自然，仿佛是绕着门轴自动转开的。女修道院院长走进了房间。她进门后站了片刻，看了看笑哈哈的圣约瑟芙修女，又打量了一下沃丁顿那张皱纹满面、滑稽可笑的小脸，露出一抹庄重的微笑。然后她走了进来，朝基蒂伸出了手。

“您就是费恩太太吧？”她用英语问道，虽然带着浓重的口音，但发音基本正确。她朝基蒂微微躬身致意：“能认识我们善良勇敢的医生的夫人，真是荣幸之至。”

基蒂发现院长一直用审视的目光打量着她。这是一种坦然的目光，并不让人觉得尴尬或无礼，就好像这个女人的工作就是对别人作出评判，不需要拐弯抹角。她用亲切庄重的语气肃客入座，自己也坐了下来。圣约瑟芙修女依然面带微笑，此时一言不发地站在院长身后。

“我知道你们英国人喜欢喝茶，”院长说道，“我事先准备了一些。不过很抱歉，是按照中国的习俗沏的茶。我也知道沃丁顿先生喜欢威士忌，但我这里可没有酒款待他。”

她微笑着说道，严肃的目光中闪过一丝戏谑。

“算了吧，院长，看您说的，就好像我是个十足的酒鬼。”

“我倒希望你能说自己从不喝酒，沃丁顿先生。”

“我只能说我要么不喝，要么必定尽兴。”

院长哈哈大笑，把这些狡辩的话翻译成法语说给圣约瑟芙修女听。她用亲切的眼神注视着沃丁顿。

"我们必须谅解沃丁顿先生。有那么两三次，我们已经身无分文，真不知道该如何养活那些孤儿，是沃丁顿先生慷慨解囊，帮了我们。"

刚才给他们开门的小女孩走了进来，看得出她已经皈依了天主教。她手里端着盘子，上面放着几只中国茶杯，一只茶壶，还有一小盘叫玛德琳的法式糕点。

"你们一定要尝尝玛德琳，"院长说，"这可是圣约瑟芙修女早上亲手为你们做的。"

他们聊起了家常。院长问基蒂在中国待过多久，对香港的气候是否适应，从香港来梅潭府是否一路劳顿。她还问基蒂是否去过法国。话题都是些日常琐事，但气氛友好亲切，与周边险恶的环境相比别有风味。客厅很清静，几乎让人忘记了自己还身处人口稠密的喧嚣城市。这里和平安宁，而外面的世界却霍乱盛行，人们惊恐万状、焦虑不安，而半兵半匪的士兵正靠钢铁般的意志维持着秩序。在修道院的墙内，医务室里挤满了身染重病、奄奄一息的士兵，那些由修女们照料的孤儿已经死去了四分之一。

不知何故，基蒂对院长肃然起敬。院长和她拉家常时，她也端详着这位严肃的女士。只见她一袭白衣，衣服上唯一的颜色就是印在胸前的那颗红心。她有四五十岁，但也很难说，因为她皮肤光滑白皙，脸上皱纹很少。她举止端庄，自信沉稳，双手清瘦优美但坚强有力，可以看得出她不再年轻。她的脸较长，嘴巴很大，长着一口整齐的牙齿，鼻子不算小，但精致秀气。黑色细眉之下的那双眼睛给她的脸平添了几分一本正经、悲天悯人的色彩。这双眼睛又大又黑，虽不冷淡，但沉稳平静，令人慑服。无论谁第一眼看到院长都会觉得她年轻时必定美丽动人，但随即又会意识到虽然年华已逝，但这个女人的个性独具魅力，且随着年龄增长与日俱增。她的声音低沉自持，无论是说法语还是说英语，语速都比较慢。她身上最引人注意的还是那种从事基督教慈善事业而锤炼出来的权威气质，你能感受到她的领袖气场，自然而然会对她服从听命，但她在发号施令时依然谦卑有加。不难看出，她对作为精神支柱的教会权威心悟神解。但基蒂猜测，在严肃端庄的外表之下，她对人性的弱点充满宽容。看见她听着沃丁顿信口开河的胡言乱语而露出庄重的微笑，你不难想象她对滑稽可笑的事也有着敏锐的领悟力。

基蒂隐约能感觉到院长身上还有一些其他的品质，但说不清是什么。虽然院长亲切热情，举止优雅，但这让基蒂觉得自己就像个笨拙的女学生，这种不知名的品质让她有种敬而远之的感觉。

第四十二章

“先生什么都不吃。”① 圣约瑟芙修女说。

“先生的胃口被惯坏了。”院长回答。

圣约瑟芙修女脸上的笑容消失了，露出一本正经的表情。沃丁顿调皮地看了她们一眼，拿起一块点心吃了起来。基蒂不明白这话到底是什么意思。

“你这话可不公平，院长，为了证明这一点，今晚家里准备的美味佳肴我都可以弃之不顾。”

“如果费恩太太想看看修道院，我很乐意带她参观。”院长转过身来对基蒂说，脸上挂着对沃丁顿不以为然的笑容，“很抱歉让您看到眼下杂乱无章的场景。我们有太多事情要做，人手又不足。于上校坚持让我们用院内的医务室收治患病的士兵，我们不得不把饭厅改成了孤儿们的医务室。”

她站在门边，请基蒂先出了门，圣约瑟芙修女和沃丁顿走在她俩之后。他们沿着凉爽的白色走廊进入了一间空荡荡的宽敞屋子，屋内几个中国女孩正在做精美的刺绣。见到有客人进来，她们都站了起来。院长拿了一些刺绣的样品给基蒂看。

“不管外面疫情如何，我们都坚持让孩子们做刺绣。这至少可以转移她们的注意力，不再去考虑外面的危险。”

她们来到第二个房间，一些年纪更小的女孩在做着简单的缝补锁边的针线活。到了第三个房间，他们看见一位皈依天主教的中国人

① 原文为法语：Monsieur ne mange rien。

在照看几位幼儿，他们正在嬉闹玩耍。这些孩子不过两三岁，长着典型的中国人的黑眼睛和黑头发。看见院长进了门，他们都一窝蜂地围在她身边，拉着她的手，藏进她宽大的裙子里。院长严肃的脸上浮现出慈爱的微笑，她疼爱地抚摸着他们，说着哄小孩的话。尽管基蒂对汉语一窍不通，但也能听得出其中满满的爱意。这些孩子虽然身着统一的服装，但是面色蜡黄、发育不良，看上去不成人形，令人厌恶，她心里不禁哆嗦了一下。院长站在他们中间，就像博爱的化身。当她要离开时，孩子们都依依不舍，紧拉着她不放。她只好面带着微笑好言相劝，轻轻用力挣脱了出来。在孩子们眼里，这位可敬的女士和蔼可亲，丝毫不让他们畏惧。

“你也知道，”她带着他们沿着另一条长廊走，边走边说，“他们被父母抛弃，所以成了孤儿。每送来这里一个孩子，我们就给他们父母一点钱，否则的话他们根本不愿自找麻烦，可能随便找个地方就把孩子扔了。”她转过身去问圣约瑟芙修女：“今天送来了几个？”

“四个。”

“如今霍乱盛行，女婴更是被人们看作毫无用处的拖累。”她带基蒂参观了宿舍，然后来到一扇门前，门上漆着“医务室”几个字。基蒂听见里面传来呻吟声和痛苦的叫喊声，听上去简直不像人发出的声音。

“我想就不用参观医务室了。”院长平静地说道，“里面的场景惨不忍睹。”她突然想到了什么：“费恩医生在里面吗？”

她用疑问的眼神看着圣约瑟芙修女。圣约瑟芙修女带着开心的笑容，推开大门闪身进去。门一打开，基蒂听见了里面传来的更恐怖的声响，不禁吓得后退了几步。不久，圣约瑟芙修女出来了。

“不在。他刚才来过，可能过一会儿还会再来。”

“六号病人情况如何？”

“可怜的孩子[1]，他已经死了。”

① 原文为法语：pauvre garçon。

院长在胸前画了个十字，嘴唇翕张着，做着简短的默祷。

他们经过院子时，基蒂看见地上并排摆着两具尸体，尸体上盖着一块蓝布。院长转过身去，面朝沃丁顿。

“我们床位紧张，只好让两个病人挤一张床。一旦有病人去世，就只能把尸体裹起来抬走，给其他病人腾出地方。”她冲基蒂笑了笑，“接下来我带你去看看我们的小教堂，那可是一个我们引以为豪的地方。不久前，一位法国朋友给我们寄来了一尊真人大小的圣母玛利亚雕像。”

第四十三章

所谓的小教堂其实不过是个狭长低矮的房间，墙壁是用白石灰水刷的，屋内摆着一排排松木长凳。屋子的尽头摆着圣坛，雕像就放在圣坛上。这尊雕像是用熟石膏制成的，粗糙地上过了颜色，看上去光鲜耀眼。雕像背后挂着一幅油画，画的是耶稣受难的场景，画中十字架下有两位玛利亚①，神情都悲戚至极。画工不佳，黑色颜料的使用暴露了作画之人对色彩之美毫无品位。墙上挂着一整套《耶稣受难十四处苦路》图②，出自同一位拙劣画家之手。总体而言，小教堂看上去粗陋低俗。

同来的修女们走进小教堂后都跪下祈祷，然后再站起身。院长又和基蒂闲聊了起来。

“所有易碎的东西，运到这里时都已经破损了。但是这尊受赠的雕像被一路从巴黎运到这里却完好无损，这绝对是奇迹。”

沃丁顿那双玩世不恭的眼睛闪亮发光，但他管住了自己的嘴。

“圣坛的装饰画和墙上的《耶稣受难十四处苦路》都是我们的圣安塞尔姆修女画的。”院长边说边在胸前画了个十字，“她可是位真

---

① 指的是圣母玛利亚（Blessed Virgin Mary）和抹大拉的玛丽亚（Mary or Magdalene）。前者为新约中记载的耶稣生母，受圣神感召而怀孕诞下耶稣；后者为耶稣周游各城各乡传道时所医治的几个妇女，抹大拉的玛利亚就是其中的一位。

② 《耶稣受难十四处苦路》（the Stations of the Cross）：共14幅图画，显示耶稣生命最后的日子里发生的不同事情，这些图画画在许多罗马天主教教堂内的墙上。

正的艺术家。但很不幸，她染上疫病去世了。你不觉得这些画很漂亮吗？”

基蒂支支吾吾地表示认同。圣坛上放着一束束纸花，烛台装饰华丽耀眼。

“我们有幸在此保存圣体圣事[①]。”

“真的吗？”基蒂应道，但没明白院长的意思。

“面对眼下这场可怕的疫病，它给了我们莫大的安慰。”

他们离开了小教堂，沿原路返回刚来时落座的客厅。

“离开之前，不知道你想不想看看我们今早收留的弃婴。”

“非常想看。”基蒂应道。

院长带着他们走进了过道另一侧的一间小屋。屋里摆着一张桌子，上面铺着布，布下面有什么东西在扭动。修女把布揭开，露出下面的四个赤身裸体的小婴儿。他们全身通红，四肢不停地舞动，很是可爱。他们小小的脸皱成了古怪的样子。他们看上去不像是人，而是某种未知物种的奇异生物。不过这样的场景看着令人动容。院长面带微笑地看着他们。

“他们很活泼。有的时候，孩子们刚被送来就已经奄奄一息了。当然只要他们一到这里，我们就给他们施洗礼。”

“夫人，要是你丈夫见到这些婴儿，一定会很高兴的。”圣约瑟芙修女说，“我觉得他能和孩子们玩上个把小时。要是孩子们哭了，他就把他们抱起来，让他们舒舒服服地躺在他的臂弯里，孩子们准会高兴地笑起来。”

---

① 圣体圣事（the Blessed Sacrament）：源于希腊文“Eucharist”，意为“感恩”。是天主教的七件圣事之一，被称为“圣事中的圣事”。它是耶稣在最后的晚餐中亲自建立的，象征着耶稣的身体和血液，纪念他的牺牲与救赎。在天主教中，圣体圣事是以普通面饼和葡萄酒作为基督真实临在的载体，通过领受圣体，获得灵魂的滋养和力量，以面对生活的挑战。圣体圣事不仅是对耶稣最后晚餐的纪念，也代表了信徒与教会其他成员的共融。

不知不觉间，基蒂和沃丁顿已经走到了门口。基蒂郑重地向院长致谢。院长恭敬地躬身还礼，显得高贵可亲。

“能接待您是我的荣幸。您无法想象您丈夫待我们有多友善宽厚，他帮助我们很多，他可是上天赐给我们的礼物。您能和他同来此地，实在令人高兴。每天回到家能看到您在身边，能感受到您的爱，看到您甜美的脸庞，他一定会感到莫大的宽慰。请一定照顾好他，别让他过度劳累。请一定替我们所有人好好照顾他。”

基蒂脸红了，她不知如何应答。院长伸出手来，基蒂握住了她的手。她意识到院长那双冷静睿智的眼睛正注视着自己，那目光是如此超然客观，又似乎能洞悉一切。

圣约瑟芙修女关上了门，基蒂坐进了轿子里。他们顺着狭窄曲折的街道踏上了归程。沃丁顿偶尔会说上两句话，但基蒂都没有接腔。他转过头看了她一眼，但是轿子的侧帘放了下来，看不见人。他只好一言不发地向前走着。但是当他们走到河边时，基蒂下了轿，他惊讶地发现她泪光盈盈。

“你怎么了？”他问道，脸上一副惊愕之态。

“没什么。”她努力挤出一丝笑容，“是我犯傻。”

第四十四章

已故传教士的简陋客厅里，又只剩下基蒂一个人了。她躺倒在长椅上，面朝窗户，心不在焉地凝望着河对岸的庙宇。傍晚时分，小河迷蒙，景色宜人。她努力理清心头交织的思绪。她从没想过，修道院之行竟会如此让她深受触动。她纯粹是出于好奇，才造访了修道院。

这些天来，她无所事事，隔着小河，远眺这围墙内的城市，颇想见识一下那些神秘未知的街道。

但在修道院时，她仿佛进入了另一个世界。这个世界超然于宇宙，也超然于时空。那些庄严而质朴的空荡房间和白色走廊，似乎有一种神秘莫测又遥不可及的气质。那间小教堂看上去是那么丑陋粗俗，但简陋不堪的外表下却有着悲天悯人的情怀。与那些用彩窗和油画装饰的大教堂相比，它虽然显得破败寒酸，但虔诚的信仰使它庄严肃穆，博爱的情感让它受人爱戴，这些都赋予了它内在的至美灵魂，使得某些富丽堂皇的大教堂望尘莫及。在这个瘟疫侵袭的中心地带，修道院的工作依旧有条不紊地进行着。面对死亡，它沉着冷静、求真务实。尽管务实得有些可笑，却让人印象深刻。圣约瑟芙修女打开医务室大门的瞬间，基蒂听到的那阵可怕哀号依然在她耳畔回响。

她们对沃尔特的评价也出乎她的意料。圣约瑟芙修女和院长都对他赞誉有加。每当赞扬他时，院长的声调就变得异常柔和。不可思议的是，在她们夸奖他时，她心里竟也浮现一丝骄傲。沃丁顿也提到过沃尔特做的事，但修女们不仅称赞他能力超群（在香港时她就知道他是大家公认的聪明人），还对他的温柔体贴津津乐道。他确实非常温柔，要是你生病了，他关怀入微；他聪明过人，绝不轻易动怒；他动手诊治时，动作轻柔，沉着冷静，令人心安。他似乎有种魔力，只要他一现身，你就疼痛全消。她知道她再也不会在他眼里看到那样爱怜的目光了。曾经她对这样的目光习以为常，只觉恼人。如今她知道，他有颗博爱的心，正以某种特别的方式将他的爱倾注到那些孤苦的病人身上。她并不嫉妒这份博爱，只是有点怅然若失，就好像她长久以来熟视无睹的精神支柱突然间被撤走了，这让她一下子头重脚轻，脚步虚浮。

曾经她是那么鄙视沃尔特，现在她只想鄙视自己。她瞧不起他，而他一定对这心知肚明，但他心甘情愿、毫无怨言地接受了她的看法。他清楚她是个傻女人，却毫不在乎，因为他爱她。现在她对他不再怨恨，也不憎恶，有的只是敬畏和困惑。她不得不承认他的身上有不凡的品质，甚至有那么点古怪而不易被人察觉的伟大之处。而她竟然不爱他，却爱上了一个显然一无是处的男人，这实在太荒诞。这些漫长的日子里，她冥思苦想，终于对查利·汤森作出了正确的判断：他不过是个平庸的二流货色。她多希望能将心间残存的那些爱意彻底抹杀，她要永远忘了他。

沃丁顿也对沃尔特称赞有加，唯独她对他的优点视而不见。为什么会这样？因为他爱过她，她却从不爱他。一个男人爱你，你却因此鄙视他，这个人的心里到底在想什么？不过沃丁顿也承认他不喜欢沃尔特。男人们都不太喜欢他，可那两位修女却对他青睐有加。对女人来说他与众不同，虽生性腼腆，却有颗至善的心。

第四十五章

不过，最令基蒂深受触动的还是修道院的那两位修女。首先是圣约瑟芙修女，她脸色红润、满面喜色。她十年前与院长等人远赴中国，即便这些年来目睹了姐妹们相继因疾病、穷困或思乡离世，她依旧保持着乐观开朗的心态。她的天真和豁达到底从何而来呢？其次是修道院院长，基蒂想象着自己再次站在她面前，又一次感到相形见绌、无地自容。她为人朴素、落落大方，骨子里散发着与生俱来的高贵气质，让人心生敬畏。任谁同她交往，都会肃然起敬。从圣约瑟芙修女的站姿、举止以及回话的腔调来看，她对院长可谓毕恭毕敬；沃丁顿举止轻佻，不拘小节，可与院长说话时，他照样规规矩矩的。即使沃丁顿不曾告诉基蒂院长出身法国名门望族，她也能从其举手投足间看出她具有显赫的背景。她身上有种不容违拗的威严气度。她既有大家闺秀的高贵，也有苦行圣徒的谦卑。在她坚毅美丽、饱经沧桑的脸上，那克制又亲切的神态使得孤儿们毫不忌惮地围在她身边，吵吵闹闹，只因他们享受着院长深沉的爱。院长看着那四个刚送来的女婴时，脸上露出甜蜜而又意味深长的微笑，就像是一缕和煦的阳光照射到寂寥的荒野上。当圣约瑟芙修女随口说起沃尔特喜欢孩子时，基蒂竟然莫名有点感动。她知道沃尔特多么希望她能给他生个孩子，可他一向木讷寡言，基蒂完全没想到他竟然会哄孩子，而且毫不扭捏，尽显温柔。多数男人哄起孩子来都是笨手笨脚的。他可真是个怪人！

然而在她回首往昔时，一丝阴影再次掠过心头，犹如银白色云朵的黑边，清晰可见，却挥之不去，使她惴惴不安。圣约瑟芙修女的欢声笑语和院长的周全礼数，让她始终感到压抑，仿佛被隔绝在外。她们待她友好，甚至说得上热情，但同时她们还有所保留，她说不明也道不清。她意识到，自己不过是位素昧平生、初来乍到的客人罢了。她们之间不仅语言不通，想法也不同。修道院的门关上的一刹那，她们就会把她忘得一干二净，然后一刻也不耽搁地投入到刚刚暂时搁下的工作中，就好像她从来没有来过这儿一样。她觉得她不仅被关在那所小修道院的门外，也被关在了她苦苦追寻的神秘精神花园的门外。忽然之间，她感受到了前所未有的孤独，这也是她此前痛哭的原因。

她疲惫地把头靠在椅子上，哀叹了一声：“唉，我是个多么无用的人啊。”

第四十六章

沃尔特这天回来得比平时稍早一些，等他到家时，基蒂正躺在窗前的长椅上。天色已晚。

“要点灯吗？”沃尔特问。

“女仆做好晚饭后，会把灯提进来的。”

谈起这样的琐事，沃尔特的语气总是很轻快，好像他们是友好亲密的朋友似的。从他的一举一动看不出他对基蒂有半点愤懑。他从不和她对视，也不曾笑过，但一直对她彬彬有礼。

“沃尔特，假如这场瘟疫结束以后我们还活着，你有什么打算？”她问道。

他沉默片刻，没有回答。基蒂看不清他的神色。

“我没想过。”

若是以前，她的脑子里要是有什么主意，总会不假思索地脱口而出。但现在她对沃尔特心怀畏惧，没说几句连嘴唇也哆嗦了，心剧烈地跳动个不停。

“今天下午我去修道院了。”

“我听说了。”

基蒂没想好如何措辞，但还是硬着头皮开口问他：

“你把我带到这儿来，是不是真的想让我送死？”

“我要是你，我就不会多费口舌，基蒂。与其讨论，不如忘了它。”

“但是你没忘，我也忘不了。来到这儿后我想了很多，也想了很久。你想听听我想说的话吗？”

“乐意之至。”

“我从前对你很不好。我背叛了你。”

他纹丝不动地坐在那儿，基蒂感到有些害怕。

“我不知道你是否明白我的意思。那种事没有任何意义，对于一个女人来说，结束了就是结束了。我想女人永远无法理解男人的态度。”她语气生硬，她甚至都听不出来这个声音是她自己的，“你知道查利是什么样的人，你也知道他的所作所为。是的，你是对的，他一文不值，是个彻头彻尾的小人。我和他是一类人，所以才会受他欺骗。我不祈求你原谅我，也不祈求你一如既往地爱我。可是，我们不能成为朋友吗？我们周围有成千上万的人死去，而修道院里的那些修女……”

“这和她们有什么关系？”他打断了她的话。

“我不知该怎么说。今天我到那儿去时，心中产生了一种非凡的感觉。修道院的一切都很有意义，那里的情况糟透了，她们做出的自我牺牲感人至深。我忍不住想——如果你懂我的意思的话——如果你因为一个不忠的蠢女人让自己痛苦，那就太荒唐了。我微不足道、毫无价值，根本不配使你痛苦。”

他还是一言不发，但也没有走开，似乎在等着她继续说下去。

“沃丁顿先生和修女们告诉了我很多你做的善事。我为你骄傲，沃尔特。”

“这可不像你。你一直是看不起我的。现在还是如此吧？”

“你不知道我很怕你吗？”

他再次缄口。

“我没听懂你的意思。”他终于说道，“我不知道你到底想做什么。”

“我不想做什么。我只是希望你能活得快乐一些。”

她觉得他绷紧了身体，接下来的回答也是冷冰冰的。

“如果你认为我不快乐，那你就错了。我忙得不可开交，根本无暇想起你。”

“我想知道修女们是否介意我到修道院帮忙。她们现在很缺人手，如果我有机会尽我所能，我将感激不尽。”

“那种活既不轻松也不好玩。我怀疑你干不了多久就会腻了。”

“你真的那么看不起我吗，沃尔特？”

“不。”他迟疑一下，声调变得非常奇怪，“我看不起我自己。”

第四十七章

晚饭过后，沃尔特照例坐到灯旁看书。他每晚都是如此，直到基蒂上床睡觉，然后他收起书，去实验室。实验室是沃尔特用一个空房间改造的，他每晚都在里面专注地做实验，直到深夜才出来，几乎不怎么睡觉。基蒂并不了解这些实验，而沃尔特像以前一样，对自己的工作三缄其口，何况他本来就不健谈。基蒂反复揣摩沃尔特刚刚说过的话：他们的谈话无果而终。她对他依旧知之甚少，连他是否说了真心话都难以判断。在她眼里，沃尔特现在就是个灾星，而在他眼里，她是否早已不复存在了？他爱着她的时候，她一句话便能把他逗乐，现在他不爱她了，无论听她说什么都索然无味了吧？想到这儿，她心里十分窘迫。

基蒂向他看去，灯光之下，他的侧影棱角分明，标志的五官极其醒目，神情严肃冷峻，宛若雕塑。他整个身体始终纹丝不动，只有眼睛随着书页左右转动，看着让人恐惧不安。谁会想到这样一张冷酷的脸也会因激情变得柔情四射呢？一想到这儿，基蒂忍不住心生厌恶，打了个寒战。很奇怪，他外表英俊，诚实可靠，才华横溢，可她就是不爱他。如今他再不会爱抚她了，想到这儿，她不由得松了口气。

他强迫她来到这个地方，是不是真的想让她送死？这个问题令基蒂百思不得其解，也令她惶恐，可他就是不愿告诉她答案。像沃尔特这样心地善良的人，绝不可能想出这般恶毒的主意。他肯定只是想吓吓她，同时报复查利（这也符合他一贯喜欢冷嘲热讽的做派），后来出于固执，或是保全面子，才会强迫她来如此凶险之地。

另外他说他鄙视自己，这话到底是什么意思？基蒂又看了看他那张沉稳冷峻的脸，他表现得就好像此刻屋子里根本没有她这个人一样。

“你为什么鄙视自己？”她脱口而出，仿佛刚才的谈话从未中断过一般。他放下手中的书，若有所思地看着她，仿佛正把思绪从远方拉回。

“因为我爱过你。”

她双颊羞红，不由得转过头去。沃尔特凝视着她，目光冷峻，似乎在审视着她，让她无法直视。她明白他的意思，过了一会儿才开口说话。

“我觉得你这话对我不公平。”她说，“因为我愚蠢、轻佻、粗鄙，你就指责我，这于我不公。我成长的环境就是如此，我身边的女孩也是如此……你不能因为一个人不喜欢听交响乐，就责备他没有音乐鉴赏力。因我不具备某些品质而责备我，这公平吗？我从不曾伪装自己，也不曾骗过你，我只是个长相漂亮、生性开朗的女孩。你不能指望在集市的货摊买到珍珠项链和貂皮大衣，你只能在那儿买到锡纸做的小喇叭和玩具气球。”

“我没有指责你。”

他的声音透着疲惫，基蒂闻言又有些不耐烦了。为什么他就不能明白呢？与死亡的阴影和修女们的美丽心灵相比，他们间的是是非非是多么微不足道！一个愚蠢的女人红杏出墙又能怎么样？为什么她的丈夫——在那些崇高伟大的自然与人性之美面前——还是如此耿耿于怀呢？沃尔特这样聪明的一个人，竟也分不清孰轻孰重。起初他把她当成玩偶，给她穿上华丽的衣服，把她奉为神明，顶礼膜拜。后来发现她是金玉其外，败絮其中，就再不肯原谅自己，也不肯原谅她。他的身心饱受摧残，他自欺欺人地活在虚无的幻想里。当真相浮现之后，幻想破灭，他以为的现实也随之粉碎了。他摆明了不会原谅她，因为他无法原谅自己。

她隐约听到沃尔特轻轻地叹了口气，便飞快瞥了他一眼，心中突然闪过一个念头。这念头让她喘不上气，差点叫出声来。

沃尔特所经受的苦痛，难道就是人们所说的心如刀割？

第四十八章

第二天，基蒂一直在想那座修道院。第三天一大早，沃尔特刚离家没多久，她就和女仆一起乘着轿子去了河对岸。此时晨光熹微，渡船上已经挤满了人，有的是穿着蓝色布衣的农民，有的是身穿黑色长袍的体面人。他们一个个面色古怪，形容枯槁，仿佛这艘渡船是要把他们送到阴间。上岸后，他们竟呆立岸边，神色茫然，好像不知道究竟要去哪里，过了一会儿才三三两两地朝向山上走去。

清晨时分，大街上冷冷清清，俨然是座死城。路上的行人都心不在焉地走着，宛若幽魂。天空中没有一朵云，只有清晨的太阳洒下了和煦的晨光。很难想象在这样一个清新舒畅、令人愉悦的早晨，这座城市却被可怕的瘟疫折腾得奄奄一息，就像是一个被疯子扼住咽喉的人，被折磨得精疲力竭。蓝天澄澈，宛若孩童纯净的心。而人们在痛苦中苟延残喘，在恐惧里撒手人寰，这美丽的自然竟也无动于衷。轿子在修道院门口停下时，一个乞丐从地上站起来，向基蒂乞讨。他衣衫褴褛，褪了色的衣服好似是从垃圾堆里捡来的，破烂处露出的皮肤粗糙坚硬，黑得像山羊皮。他双腿赤裸，骨瘦如柴，蓬头垢面，双颊凹陷，眼神狂乱，活脱脱像个疯子。基蒂惊恐不已地转过身去。轿夫们厉声呵斥，叫他滚开，可他纠缠不休。为了尽快脱身，基蒂颤抖着给了他一些钱。

修道院的门开了，女仆对门内的人说基蒂想见见修道院院长。她又被带到了那间压抑的会客室，房间里的那扇窗户依旧紧闭着，似乎从来都没被打开过。她在会客室里等了很久也不见院长的踪影，不禁开始怀疑是否有人帮她通报过了。后来，院长终于走了进来。

“让你久等了，请见谅。”她说道，“没想到你今天会来，我刚才忙得不可开交。”

“真不好意思，恐怕我来得不是时候，打扰您了。”

院长朝她微微一笑，神情肃穆而亲切，并请她坐下来。基蒂发现她的眼睛肿了，显然刚刚哭过。这令基蒂颇为惊讶，因为在她的印象中，院长可不是轻易为俗世所动的人。

“出了什么事吗？”她支支吾吾地说，“如果您不方便，我这就回去，改天再来拜访。”

“不，不用。你有什么事，不妨直言。只是……只是昨天晚上有个姐妹去世了。”她的声音颤抖起来，眼里噙满泪水，“我本不该为此难过，因为我知道她秉性善良，灵魂一定会进入天堂。她是个圣徒。我想我不是个理性的人，没法克服软弱。”

“我很难过，真的很难过。”基蒂说。

她一向富有同情心，此刻一边说着，一边抽噎起来。

“十年前，这个姐妹同我一起离开法国来到这里。一同来的那批人中，现在只剩下我们三个了。我记得轮船驶离马赛的港口时，我们大家站在船尾（抑或你们所说的船头？），远远地向圣母玛利亚的金身雕像祷告。入教以后，我最大的心愿就是能被派到中国来，可当看到故土在我眼前逐渐远去的时候，我还是忍不住哭了起来。我是院长，昨晚却没有给孩子们做好榜样。昨晚离世的姐妹——圣弗朗西斯·泽维尔修女——当时握住我的手，叫我不要悲伤。她说无论我们走到哪里，法国和上帝都在我们心中。”

院长美丽肃穆的脸庞因悲伤而扭曲变形，人性让她悲痛不已，可理智又告诉她必须忍住眼泪。这般窥伺院长内心深处的挣扎和痛苦，基蒂觉得有些不妥，干脆把头转向一边。

“我刚才在给她的父亲写信。她和我一样，是家里的独女。她家在布列塔尼，父母以捕鱼为生。丧失独女对他们来说太残酷了。唉，这可怕的瘟疫何时才会停止？今天早上，又有两个小女孩病倒了，除非奇迹发生，不然谁也救不了她们。这些中国人没什么抵抗力。圣弗朗西斯修女去世了，这对我们来说是个打击。我们要做的事情还有很多，而现在人手又少了一个。虽然各处修道院的姐妹们都很想过来帮忙，只要我们知会一声，她们即使一无所有，也愿牺牲一切。但是来了几乎就等于送死，所以只要我们现有的姐妹尚能应付，我不想再有姐妹来白白牺牲了。”

“您的话使我备受鼓舞，院长，”基蒂说道，“在这样一个悲伤的时刻前来拜访，我很抱歉。那天您曾说姐妹们事务繁忙，人手不足，我当时就想您能否让我来帮忙呢。只要能帮得上忙，我做什么都行。哪怕您安排我擦地板，我都感激不尽。”

院长高兴地笑了，这令基蒂吃了一惊。她想不到院长的情绪竟能转变得如此之快。

“怎么能让你来擦地板呢？这种活孤儿也能凑合做的。”她停了一下，然后十分和蔼地看着基蒂，“我亲爱的孩子，你能陪你丈夫来这儿，就已经做得够多了，不是每个妻子都有这样的勇气。除此之外，你若能在你丈夫忙碌一天回到家后，安慰他，让他静静地休息，就再周到不过了。请相信我，那时他需要你付出全身心的爱，需要你无微不至的体贴。”

基蒂几乎不敢看院长的眼睛，那双眼睛不偏不倚地直视她的脸，流露出颇具讽刺意味的亲切感。

“我从早到晚无事可做，”基蒂说道，“一想到你们工作繁重，而我整天游手好闲，我就坐不住。我不想给你们添麻烦，也深知我无权祈求您的悲悯，浪费您的时间。但我的话是真心实意的。假如您能让我来帮忙，那真是对我的恩赐。”

“你的身体看起来不是很好。前天光临此地时，你脸色苍白，圣约瑟芙修女还以为你怀孕了。”

“没有，没有！”基蒂叫道，脸一直红到了耳根。

院长发出清脆的笑声。

“这没什么可难为情的，也不完全是空想，你们结婚多久了，我亲爱的孩子？”

“我天生脸色苍白，但我的身体非常结实。我可以保证我不怕干活。”

院长恢复了往日的神情，不经意间又流露出那份威严之态。她上下打量基蒂，这让她莫名地紧张起来。

“你会说汉语吗？”

“不会。”基蒂回答说。

“啊，那太遗憾啦。我本来可以把年纪大一点的女孩交给你照料，现在看来很难了，恐怕她们会——用英语怎么说——不听管教，无法无天？”她沉吟着下了定论。

“我能帮忙照料那些病人吗？我一点也不怕霍乱，我可以照顾女孩和士兵。”

院长脸上的微笑消失了，她面色肃穆地摇了摇头。

“你对霍乱一无所知，那种场景惨不忍睹，你会吓到的。医务室的工作是由士兵来完成的，我们只需一个姐妹监督就可以了。至于那些女孩……不不不，你丈夫一定不希望你看到这些，那太可怕了。”

“我会慢慢习惯的。”

“不，我不能答应你。这本就是我们分内的工作。你没必要掺和进来。”

“您让我觉得我无足轻重，一无是处。我不相信这里没有一项我能胜任的工作。”

“你跟你丈夫谈过你的打算吗？”

“是的。”

修道院长盯着她，仿佛猜透了她的心思。她把基蒂脸上的焦急全部看在眼里，忍不住微微一笑。

“你应该是个新教徒吧？”她问道。

“是的。”

“这不是问题，去世的传教士沃森先生也是一位新教徒。在我们看来，他和我们没有区别，是我们最亲的人。我们对他无比感激。”

基蒂欣喜一笑，但什么也没说。院长沉思了一会儿，站起身来。

“你是个热心肠的人。我会给你找点事做。说实话，圣弗朗西斯修女离世后，她的工作就没人做了。你什么时候可以开始？”

“现在就可以。”

“好极了[①]。听你这么说，我真是太高兴了。”

“我向您保证我会竭尽全力，十分感谢您给我这个宝贵的机会。”

院长打开了会客室的门，正要出去，又迟疑了一会儿。她再次用意味深长而又睿智的目光看着基蒂，一只手轻轻地搭在她胳膊上。

“你知道吗，我亲爱的孩子，无论是在工作中还是玩乐时，无论是身处红尘俗世还是修道院，人都是得不到安宁的。安宁只存在于人的灵魂深处。”

基蒂闻言一惊，然而院长已快步离开了。

① 原文为法语：À la bonne heure。

第四十九章

基蒂发现修道院内的工作让她精神焕发。每天早晨，每逢旭日东升，她就赶到修道院，直到西下的斜阳将那条小河与河上密密麻麻的帆船都染上了金辉，她才从修道院回到家里。院长让她照看低龄的孩子。当年基蒂的母亲从老家利物浦来到伦敦，把实用的治家理念也一并带来了。虽说基蒂为人轻佻，但也有一定家传，她厨艺出众，针线活也很在行。虽然她在谈及此事时，总带着自嘲的口吻。她展示过这些才干后，就被安排来教导年轻女孩们做针线活。女孩们懂一点法语，基蒂每天能跟她们学几句汉语，因而工作上也并不觉得困难。别的时候，她得去照看低龄的孩子们，不让她们捣蛋。她得帮她们穿衣脱衣，并在她们理应休息时引导她们。修道院里还有许多婴儿，虽说都由女仆照料，她也被嘱咐要时时留意。她手头的活都不大重要，虽然她一心想做更艰巨的工作，但是院长没有理睬她的请求。基蒂出于敬畏，不敢强求。

最初几天，她几乎克制不住对这些女孩的隐隐嫌恶感。她嫌弃她们肮脏的制服、粗硬的黑发、圆圆的黄脸、黑亮的眼睛。然而她还记得第一次访问修道院时，院长被这些肮脏的小东西围在中间，她目光温柔，看上去是那么崇高亲切，因而基蒂竭力不让自己屈服于出自本能的好恶。现在，她常常会抱起某个因摔倒或磕痛了牙齿而哭闹的小家伙，说上几句抚慰的话。尽管言语不通，但她发现只要她抱紧哭泣的孩子，用柔软的脸颊贴住他们黄色的脸蛋，孩子们便很快能止住哭声。她渐渐不再生疏，孩子们也一点都不怕她了，常常为了一些幼稚的问题来找她。感受到她们的信任，她高兴极了。那些跟她学针线活的大女孩们的情况也大抵相同。她们的脸上带着乖巧伶俐的微笑，一两句夸奖就给她们带来满足，这些让她深受感动。她能感受到孩子们喜欢她，她也打心眼里喜欢这些孩子。

但是基蒂总是无法亲近其中的一个孩子。那个女孩大概六岁，因严重的脑积水而智力低下。她瘦小的身子上顶着一个巨大的脑袋，走起路来东倒西歪，眼睛大而无神，嘴里不断地流着口水，只能用粗哑的嗓音含糊地说几句话，令人毛骨悚然。不知什么原因，这个孩子总是跟着基蒂，基蒂走到哪儿，她也走到哪儿。她用手紧抓基蒂的裙子，拿脸去蹭她的膝盖，还想去拉基蒂的双手。基蒂恶心得一阵哆嗦，她知道她渴望爱抚，但基蒂无法鼓起勇气碰她。

有一次，基蒂跟圣约瑟芙修女说起这个孩子。基蒂感慨这个孩子活在世上是多么可怜，圣约瑟芙修女笑了笑，并向这个小东西伸出手。她走过来，用高耸的前额蹭修女的手。

"可怜的小东西，"修女说，"她到这时已经奄奄一息了。当时我刚好就在门口，这可真是上帝的旨意。我一刻都没耽搁，立即给她施洗礼。为了使她活下来，你可想不到我们吃了多少苦头。我们有三四次觉得她即将升入天堂，与上帝同在。"

基蒂沉默不语。圣约瑟芙修女絮絮叨叨地讲起了其他话题。第二天，当这个孩子走过来摸她的手时，基蒂鼓起勇气，摸了摸孩子光秃秃的大脑袋，脸上竭力挤出微笑。但是这个孩子一反常态，突然就转身离去，仿佛对她失去了兴趣。打那天起，她不再追着基蒂了。基蒂不明白个中缘由，她试着露出微笑，用手势招她过来，但是女孩总是扭头就走，好像根本没看见她似的。

第五十章

修女们每日事务缠身，从早到晚忙个不停。只有在那个简陋的小教堂里做礼拜时，基蒂才能看见她们。基蒂来修道院的第一天，孩子们按长幼顺序，依次坐在了教堂的长凳上，她就在她们后面坐下。院长看见了她的身影，便停下脚步和她说话。

“我们做礼拜时，你大可不必过来，”院长说，“你是新教徒，有你自己的信仰。”

“可是我愿意来，院长。我觉得在这儿我能找到内心的平静。”

院长凝视了她片刻，然后肃穆地微微点头。

“你当然可以按照自己的意愿去做，我只想让你明白，你没有这样做的义务。”

没过多久，基蒂同圣约瑟芙修女就走得更近了，虽然算不上亲密，但是也相当熟悉了。圣约瑟芙修女掌管修道院的财务，负责整个大家庭的日常开销，经常忙到没有休息的时候。她说只有在做礼拜的时候，她才能小憩片刻。但是傍晚时分，当基蒂正跟孩子们埋头干活时，她会兴高采烈地跑过来，声称自己已经筋疲力尽，然后坐下来跟她闲聊几分钟。院长不在场时，圣约瑟芙修女十分健谈，她总是情绪高涨，爱说笑话，甚至觉得说说流言蜚语也无伤大雅。基蒂在她面前毫不拘束，基蒂的脾性也丝毫不妨碍圣约瑟芙修女展现其心地善良、平易近人的本性。跟她交谈时，基蒂感到非常愉快。她毫不介意基蒂糟糕的法语，一旦基蒂出错，两人便相视而笑，毫无顾虑。此外，圣约瑟芙修女每天都教基蒂几句有用的汉语。她是农民的女儿，在内心深处依然保留着农民的本性。

“我小时候放过牛，”她说，“像圣女贞德[1]一样。不过我太调皮了，不可能见到神灵显灵。我想，幸好没见到，否则我父亲一定会鞭打我。他经常这么干，他是个好老人，但我真的太淘气了，经常恶作剧。现在想起当年做的坏事，我还挺害臊的。”

基蒂忍不住笑了起来。没想到这位体形肥胖的中年修女曾经竟是个爱捣蛋的小孩。即使是现在，她身上依然保留着一些孩子气，让你忍不住想亲近她。她的身上似乎有一股秋日田野的芬芳，就像硕果累累的苹果树和庄稼收割归仓的气息。她不像院长，没有圣徒似的朴素悲怆，却有简单质朴的快乐。

“你从没想过回家吗，我的姐妹？”基蒂问。

“嗯，没有。那样就很难再回来了。我喜欢待在这儿，没有什么比和这些孤儿待在一起更快乐啦。她们品行端正，懂得感恩。诚然，做修女虽好（我们都信奉宗教），但修女也有母亲，也是受母亲哺育，得以长大成人，每个人都该牢记这点。我的母亲已经老了，一想到再也见不到她，我心里真的不好受。不过她很喜欢她的儿媳，我哥哥对她也很好。我的侄子也已经长大了，农场里又多了个强有力的劳动者，我想他们一定很高兴。我离开法国时，他还是个孩子，但已经能看得出他以后一定是身强力壮得一拳能打倒一头牛。”

在这个安静的屋子里，基蒂听着这位修女絮絮叨叨，几乎忘却了围墙之外肆虐的霍乱。圣约瑟芙修女乐观豁达，基蒂也深受其感染。

圣约瑟芙修女对世事和世人都有着天真的好奇。她问基蒂有关英国和伦敦的各种问题。她认为那是一个浓雾弥漫，在中午都看不清自己双手的地方；她好奇基蒂是否经常参加舞会，是否住在豪华的大房子里以及有多少兄弟姐妹。她经常谈到沃尔特，院长说他非常出色，她们每天都要为他祈祷。她觉得基蒂真是幸运，有一位如此优秀、如此勇敢，又如此睿智的丈夫。

---

① 圣女贞德（Joan of Arc，1412—1431）：天主教圣人，她声称在十六岁时，遇见天使，从而得到“上帝的启示”。后来在英法百年战争（1337—1453）中带领法国军队对抗入侵的英军，最后被捕并被处决，被法国人视为民族英雄。

第五十一章

每次她们闲聊没多久，圣约瑟芙修女总会把话题转回到院长身上。基蒂从一开始就感觉到了，院长的个性支配着整个修道院。毋庸置疑，修道院里的人都爱她、钦佩她，对她敬畏有加。尽管她很慈爱，但在她面前，基蒂还是觉得自己像个学生。每次和她在一起，基蒂都感觉很不自在，因为她心中总怀着一种奇异而尴尬的崇敬之情。圣约瑟芙修女天真直率，告诉基蒂院长的家世是何等显赫，想在基蒂面前夸耀一番。院长的祖先中不乏历史名人，她与欧洲半数国家的国王都有着亲戚关系①，西班牙的阿方索国王②就曾经在她父亲的封地上打猎，她家族的城堡遍布法国各地。院长能够舍弃这般奢华的生活，实属不易。基蒂微笑着听她说，内心深受触动。

“关于这个家庭，你只要看看她就知道了。”圣约瑟芙修女说，“不愧是名门之后。”③

“她的手是我见过的最美的手。”基蒂说。

“是啊，你还要看看她是怎么用这么美的一双手的。我们的好院长④，她可以干所有的活。”

---

① 原句为英法混合句（符合当时时尚和文学风格）：she was un peu cousine with half the kings in Europe。

② 阿方索国王：此处应为阿方索十二世（Alfonso of Spain；1857—1885）。

③ 原句为英法混合句：“Du reste, you have only to look at her,” said the Sister, “to see that, comme famille, c’est le dessus dupanier” 。

④ 原句为法语：notre bonne mere。

她们刚来这座城市时，这儿还什么都没有。她们建修道院时，院长亲自设计了蓝图，并且监督施工。她们一到此地，就着手从弃婴塔[①]和残忍的接生婆手里救助那些被遗弃的可怜女婴。一开始她们没有床，也没有遮蔽风雨的玻璃（“这是最有害健康的。”圣约瑟芙修女说）。她们经常穷得身无分文，一贫如洗，不仅无法支付工人的工钱，连自己的温饱都很难实现。她们活得像农民，她是怎么说的来着？她说，法国那些为她父亲干活的农民会把她们当时所吃的那些东西喂猪。实在困难的时候，院长就叫孩子们都围在自己身边，她们一起跪下祈祷圣母玛利亚雪中送炭。第二天，邮递员就会送来一千法郎的汇单。有时候，当她们正跪地祈祷时，一位陌生的英国人（还是名新教徒[②]呢），甚至是一位中国人，就会来敲门给她们送礼物。有一次她们走投无路，于是全体向圣母玛利亚起誓，如果她能帮助她们渡过难关，她们就为她背诵《九日祷》[③]以表谢意。你能相信吗？第二天，那个有趣的沃丁顿先生就来看我们了，他说看我们饥肠辘辘的样子，好像每个人都需要一大盘烤牛排，于是就给了我们一百美元。

这个小个子男人真好笑，看他光秃秃的头顶，他那双精明的小眼睛[④]，还有他说的那些笑话，都非常好笑。我的上帝呀，他简直是在糟蹋法语。可是你见到他还是忍不住哈哈大笑。他的情绪总是很好，当下霍乱肆虐，他却像一直都在过节。他像个法国人，幽默诙谐，无忧无虑。要不是他的口音，你很难相信他是一个英国人。不过圣约瑟芙修女有时候觉得他是故意把法语说得蹩脚来逗人一笑。当然

① 弃婴塔（baby tower）：实际上是一间收容被遗弃婴儿的小屋，设置目的是避免婴儿被遗弃后其身心再次受到外部不良环境的侵害，提高弃婴的存活率，使其能够及时得到治疗和救助。

② 新教徒（Protestant）：信奉基督教新教的人。新教是由16世纪宗教改革运动中脱离罗马天主教会的教会和教徒形成的一系列新宗派的统称。

③ 《九日祷》（neuvaine）：连续九日祈祷的祷告词。

④ 原句为法语：ses petits yeux matins。

他的道德仍有缺陷，但那终归是他的私事（圣约瑟芙修女说到这儿，叹了口气，耸耸肩，摇了摇头），他是个单身汉，还那么年轻。

“他的道德有什么不当之处吗，我的好姐妹？”基蒂笑着问。

“你不知道吗？我觉得对你说这些简直是罪过。我不该说这些的。他跟一个中国女人同居，还不是汉族女人，是个满族女人，好像是位公主，她爱他爱得痴狂。”

“这简直不可思议！”基蒂喊了起来。

“确实如此，我向你保证这事绝对是真的。他不该这样的，这样做真是太坏了。你们俩第一次来修道院时，他不愿意吃我特意做的玛德琳蛋糕，院长不是说他的胃被惯坏了吗？指的就是这件事，你也看到了他当时的反应。这件事说起来也挺有意思的。革命爆发的时候，他正好被派驻在汉口。这位好心的小个子沃丁顿救了某个满族名门全家人的命，那家人是皇亲。从此，那位满族姑娘就疯狂地爱上了他，剩下的你自己也能想象出来。后来他离开汉口时，这位满族姑娘也离家出走了，一直跟随着他。现在她如影随形，他也不得不把她留下了，可怜的家伙。我想他一定很喜欢她。哎呀，你看我扯到哪儿去了。我还有无数的事情要做，现在却坐在这儿嚼舌根。我不是个好修女，我真羞愧。”

第五十二章

基蒂有种奇怪的感觉，她觉得自己在不断地成长。这种感觉占据了她的脑海，使她时常分心。她看着别人的生活，聆听他人的生活见解，自己的思维则得到了启发。她重新振作起来了，内心更为健康，也更为强大。之前她无所适从，只会哭哭啼啼；如今她身处困境，却能释然大笑。她自己也觉得惊讶，甚至很困惑。生活在这可怖瘟疫的中心，每个人都会自然而然地做出改变。她知道身边有人奄奄一息，随时都会死去，但她已放下心中所有的顾虑。院长不准她到治疗室里去，但那扇紧闭的大门却愈发激起她的好奇心。她很想跑进去窥伺两眼，却无法做到不被人发现。一旦被发现，院长不知会用什么方法来惩罚她，要是把她赶出修道院，那就太糟糕了。她现在专心致志地照顾这些孩子，如果她被赶走了，他们肯定会想她的。其实她也不知道，要是没有了她，这些孩子会怎么样。

有一天她突然意识到自己已经有一个星期没想起查利·汤森了，也没有梦见他了。她的心怦怦直跳，猛击在肋骨上，她不药而愈了。如今她想起他时，内心不再有任何波澜。她不再爱他了。哦，她终于解脱了！她终于自由了！想想过去，她是多么饥渴地乞求他的爱。当他对她置之不理时，她甚至想一死了之。她甚至认为自己以后将茕茕孑立，孤苦余生，而现在她早已能笑了。他真是个渣滓，她也是个彻头彻尾的傻瓜！现在她终于可以平静地想起他了，不由得自问：她到底看中他什么了？幸运的是沃丁顿对此一无所知，否则她可受不了他的鄙视和嘲讽。她自由了，自由了，终于自由了！她忍不住放声大笑。

孩子们蹦蹦跳跳地做着游戏，她通常都是站在一旁，面带笑容，宠溺地看着她们玩。如果她们太过闹腾，她就适当地管教她们一下，保证她们在玩耍时不会受伤。然而这会儿她无比快活，觉得自己和孩子们一样有活力，就也加入了她们的游戏。小姑娘们愉快地接受了她，她们在屋子里追逐打闹，尖叫声不曾停歇，场面欢腾至极。她们欢蹦乱跳，吵闹声震耳欲聋。

突然，门开了，院长站在门口。基蒂羞愧难当，急忙从十几个尖叫着围着她的女孩中挣脱了出来。

“你就是用这种方法让孩子们循规蹈矩、保持安静的吗？”院长嘴角带笑地问道。

“我们在玩游戏，院长。都是我的错，是我带着她们胡闹才让她们这么兴奋。”

院长走上前，孩子们像平时一样把她围了起来。她搂着她们瘦小的肩膀，开玩笑般揪了揪她们黄色的小耳朵。她用柔和的目光久久地凝视着基蒂。基蒂满脸羞红，呼吸急促起来，水灵灵的大眼睛泛着光，美丽的秀发因嬉笑打闹变得凌乱不堪，却依然美丽迷人。

“你真美，我亲爱的孩子[①]，”院长说，“任何人看见你都会心情舒畅。难怪孩子们这么喜欢你。”

基蒂羞得满脸赤红，她也不知为什么，眼泪一下子盈满了她的眼眶，她急忙用手捂住脸。

“哦，院长，您的话让我觉得羞愧。”

“好啦，别傻啦。美丽是上帝的馈赠，是最难得、最珍贵礼物。如果我们有幸拥有美丽，理应心怀感激。如果我们未能拥有，那么就要感激他人的美丽带来的愉悦。”

她再次露出了微笑，轻轻地拍了拍基蒂柔软的脸颊，仿佛她也是个孩子。

---

① 原文为法语：Que vousetes belle, ma chere enfant。

第五十三章

自从到修道院工作之后，基蒂就很少见到沃丁顿了。有那么两三次，他来河岸边与基蒂见面，两人一起在山坡上散步。他时不时过来喝上一杯威士忌兑苏打水，却很少留下来吃晚饭。但是有一个星期天，他提议他们俩带上午饭，乘轿子去一座寺庙游玩。寺庙离城十英里，是佛教徒们进香朝拜的名刹。院长坚持要基蒂每周休息一天，所以她星期天不用工作，而沃尔特还是和平时一样忙得不可开交。

他们一大早就出发，以期能在正午的酷暑前赶到佛寺。他们坐着轿子在狭窄的田埂间穿行，不时路过一些绿意盎然、竹林环绕的农舍。基蒂十分享受这般悠然自在的郊游，久在城市的樊笼里，一朝得见广袤的田园风光，实在让她心旷神怡。他们来到寺庙前，只见矮房沿河而立，错落交织，掩于林间，景色宜人。面带微笑的僧侣领着他们走过空寂肃穆的庭院，参观了几座神殿，殿内的神像面目各异，法相庄严。宝殿之内端坐着一尊佛陀雕像，神色悲悯，似是正在出神凝思，面带淡淡的微笑。寺里的一切皆显萧索之势，往日的辉煌大观早已破败湮灭。一座座神像上积满灰尘，昔日塑造佛像时所秉承的那份信仰正在消亡。和尚们似乎也勉为其难地留了下来，翘首以待一纸闭寺文书。方丈彬彬有礼，笑容和蔼，但隐隐流露出行将离任的自嘲。要不了多久，这些和尚就会离开这片怡人的幽林，各奔东西。摇摇欲坠、无人问津的寺庙将饱受狂风暴雨的侵袭和大自然的摧残。死气沉沉的神像上将缠满野生的藤蔓，庭院里也将杂树丛生。到那时，此处不再是神灵的圣地，而是邪恶的阴域。

第五十四章

他们来到一座小亭。亭子由四根红漆立柱支撑，以青瓦为高顶，下悬一口大铜钟。他们在台阶上坐了下来，眺望着河面，只见河水缓缓地、蜿蜒地流向瘟疫肆虐的那座城。他们可以望见城墙上密布的垛口，蒸腾的热气像棺盖一般罩在城市上方。河水流得极慢，却仍见动感，使人哀叹世事无常。逝者如斯，如流水无痕，又如何寻觅呢？基蒂觉得芸芸众生恰如滴水，在各自的河道上日夜流淌，彼此亲密无间又相距甚远，共同汇成一股无名的洪流注入大海。存在不过须臾，世事皆如尘土。人类对各种荒诞无谓的琐事如此看重，给彼此或自身徒增烦恼，想来实在可怜。

"你知道哈灵顿花园吗？"她问沃丁顿，美丽的双眸含着笑。

"不知道，怎么了？"

"没什么，那个地方离这儿太远了，我的家人住在那儿。"

"你想家了吗？"

"不是。"

"我估计再过一两个月，你就能离开这儿了。瘟疫蔓延的速度正在减缓，天气变冷后，它应该就结束了。"

"走的时候，我多半会有点难过。"

一时间，基蒂想到了未来。她不清楚沃尔特有什么打算，他对此缄口不言。他依旧冷淡克制、彬彬有礼、沉默寡言，让人捉摸不透。他们就像这条河中的两滴水，悄无声息地流向未知的远方。从各自的角度看，他们这两滴小水滴是那么个性鲜明，然而在旁人眼里，他们不过是这滔滔江河中不可分割的一小部分罢了。

“可别让那些修女改变了你的信仰。”沃丁顿说着，露出了刻薄的笑容。

“她们太忙，也不在乎我的信仰。她们都很出色，也很善良。不过——我不知该如何解释——我和她们之间隔着一堵墙。我不知道这堵墙究竟是什么。她们仿佛具有一种神秘的能力，能使她们的生命变得更有意义，而我却不配享有这样的能力。这并非信仰问题，而是某种更深层也更有价值的东西。她们生活在另一个世界里，走着与我们不同的路。对她们来说，我们永远是陌路人。每天修道院的门在我身后关上时，我都觉得对于她们来说我已经不复存在了。”

“我能理解，这让你的虚荣心受到了打击。”他嘲讽地回应。

“是的，它的确打击了我的虚荣心。”

基蒂耸了耸肩，随后她又笑了，慢吞吞地转头看向他。

“你怎么都没告诉我，你和一位公主同居呢？”

“这些多嘴的老女人都跟你说了些什么？我觉得修女们嚼舌海关官员的私生活肯定也是一种罪孽。”

“你怎么这么敏感哪？”

沃丁顿低头看向地面，眼珠子四处乱转，看着颇为狡猾。他微微地耸了耸肩。

“这没什么好张扬的。它不会给我的仕途增添多少机会。”

“你很喜欢她吗？”

这时他把头抬了起来，丑陋的小脸上露出了顽皮孩童才有的神情。

“她为了我抛弃了一切，背井离乡，众叛亲离，漂泊游荡，毫无自尊。这么多年了，她义无反顾地跟着我。我把她打发走过两三回，但她总是跑回来找我。我也曾丢下她一个人离开，可是她总能找到我。现在我彻底放弃了，不再干这种徒劳无功的傻事了。我只能凑合着和她过一辈子了。”

“她一定爱你爱得痴狂。”

“你知道的，那真是一种相当奇怪的感觉。”他回答，困惑地皱起了眉，“我毫不怀疑，如果我真的抛弃了她，她肯定会自杀。这倒不是出于对我的怨恨，而是因为没有我，她自然是不想活了。这种感觉很奇妙，但你无法置之不理，你知道它对你来说意味着什么。”

“但是真正重要的是主动去爱一个人，而不是被爱。有些人被人爱着，却毫不感激；有些人不被爱着，只惹人心烦。”

“我没有被‘一些人’爱过，”他回答，“我只被‘一个人’爱过。”

“她真的是公主吗？”

“不是，那只是修女们在添油加醋地美化故事罢了。她出身于名门，当然了，她的家族早在战争期间就已不复存在，但她仍不失为一位大家闺秀。”

他的语气里带着点骄傲，基蒂闻言，眼里闪现一丝笑意。

“那你打算一辈子都留在这儿吗？”

“在中国？是的。去别的地方的话，她可怎么办呢？退休后，我就在北京找一处中式房子，在那儿度过余生。”

“你们有孩子了吗？”

“没有。”

基蒂好奇地看着他。真奇怪，这个尖嘴猴腮的秃顶矮男人竟能让一个外国女人如此死心塌地。她也不知道为什么，尽管他说得漫不经心，语气轻率，但这个女孩热烈而忠贞的爱情竟给她留下了深刻的印象，让她的心中泛起涟漪。

“这里看起来确实离哈灵顿太远了。”她笑着说。

“你怎么突然说起这个了？”

“我毫无头绪。生活真是奇妙。我感觉自己就像一个在池塘边生活了大半辈子的人，突然看到了大海。这让我有点喘不过气，又满心狂喜。我不想死，我想活下去。我的心中满是新生的勇气。我觉得自己像是个重新扬帆的老水手，正驶往那未知的海域。我的灵魂渴望探索未知。”

沃丁顿若有所思地看着她。她出神地凝视着如镜的河面，两滴水滴悄无声息地流淌着，朝着那亘古黑暗的大海流去。

“我能去拜访这位女士吗？”基蒂突然抬起头来问道。

“可以，但她一句英语也不会说。”

“你一直对我很好，为我做了许许多多的事，也许我可以用我的方式向她传达我的善意。”

沃丁顿脸上微微泛起嘲弄的微笑，但他还是幽默地答道：“改天我过来接你和她见面，让她给你泡一杯茉莉花茶。”

基蒂不想告诉他的是，这个跨国恋的故事从一开始就不可思议地激起了她的幻想。现在那位公主已然成为某种象征，隐隐约约又坚持不懈地向她召唤。公主那高深莫测的手势指向了一片未知的心灵圣地。

第五十五章

然而一两天后，基蒂发现了一件让她始料未及的事。

她像往常一样来到了修道院，开始做一天中的第一项工作：照看孩子们洗漱、穿衣。修女们认为夜间的寒风对人无益，就将宿舍的门窗整夜紧闭，因而室内的空气浑浊、沉闷。基蒂早晨从空气清新的室外走进室内时，总会感到不适，都要赶忙把窗户打开通风。这天她走到窗前，突然感到一阵恶心，头晕目眩。她靠在窗前，试图让自己恢复常态。她从未有过如此强烈的不适。不一会儿，恶心的感觉再次袭来，她开始呕吐起来。她的大声喊叫吓坏了孩子们。平时给基蒂帮忙的大孩子跑了过来，见基蒂脸色惨白，浑身颤抖，她惊叫了一声便愣在那里。是霍乱！这个念头在基蒂的脑子里一闪而过。濒死的感觉笼罩着她，死亡的阴影在她的血管里张牙舞爪。她恐惧至极，竭力挣扎了片刻后，只觉天旋地转，两眼一黑昏了过去。

基蒂再次睁开眼睛时，一时还认不清自己身处何处。她似乎正躺在地板上，她动了动脑袋，感觉头下垫了个枕头。她想不起刚才发生什么了。院长跪在她身侧，手中拿着嗅盐[①]瓶，在她的鼻前晃来晃去。圣约瑟芙修女则站在一旁注视着她。濒死的感觉重回脑海。她感染了霍乱！她看见修女们脸上惊恐的神色。此刻圣约瑟芙修女的轮廓模糊难辨，看着十分高大。恐惧再次笼罩了她。

“啊，院长，院长，”她抽噎着说，“我是不是快死了？我不

---

① 嗅盐（smelling salts）：又叫“鹿角酒”，给人闻后有恢复或刺激作用，用来减轻昏迷或头痛。

想死。”

“你才不会死呢。”院长说。

院长神情镇定，眼里甚至带着笑意。

“可这是霍乱。沃尔特在哪儿？您派人去找他了吗？哦，院长，院长。”

基蒂泪如雨下。院长把手伸了过来，基蒂一把将其抓住，像是抓住了她汩汩流逝的生命。

“好啦，好啦，亲爱的孩子，可别再犯傻啦。你没感染霍乱，更没生其他的病。”

“沃尔特在哪儿？”

“你丈夫太忙，没必要打扰他。五分钟之内，你就会好起来的。”

基蒂疲惫地瞪着她。院长为何如此冷漠，竟然能这般镇定？

“你再冷静一会儿吧，”院长说，“你不会有事的，别担心。”

基蒂感到心脏一阵狂跳。她早已对霍乱习以为常，总以为自己不会染上。唉，她真是太傻了！她知道自己快要死了，心中一阵惶恐。女孩们搬来一个长藤椅，放在了窗边。

“来吧，我们扶你起来躺一会儿，”院长说，“躺在长椅上，你会更舒服些。你站得起来吗？”

院长双手托住基蒂的腋下，圣约瑟芙修女扶着基蒂站起来。她精疲力竭地倒在藤椅上。

“我最好把窗户关了，”圣约瑟芙修女说，“早上的空气对她身体不好。”

“别，别，”基蒂说，“开着吧。”

基蒂看见了窗外的蓝天，霎时有了信心。她还在发抖，但确实觉得好了不少。两位修女无言地看了她片刻，接着圣约瑟芙修女对院长说了些她听不懂的话。随后院长坐到躺椅边上，握住了她的手。

“听我说，我亲爱的孩子……[1]”

---

① 原文为法语：ma mère enfant。

院长问了她一两个问题，基蒂都如实回答了，但不知她用意何在。她嘴唇哆嗦，几乎说不出话来。

“毫无疑问，”圣约瑟芙修女说，“这种事情瞒不过我。”

她轻轻地笑了起来，基蒂听出她似乎很兴奋，笑声里带着无限的怜爱。院长仍然握着基蒂的手，露出温柔慈爱的笑容。

“在这件事上，圣约瑟芙修女比我更有经验，亲爱的孩子。她一眼就看出怎么回事了。她显然没有看错。”

“您这话到底是什么意思？”基蒂焦急地问道。

“这很明显，难道你从没想过这件事吗？你怀孕了，亲爱的孩子。”

基蒂惊得浑身颤抖，双脚往地上一蹬，仿佛就要跳起来。

“躺着别动，躺着别动。”院长说。

基蒂只觉双颊烧得通红，随即用手捂住胸口。

“这不可能。这不是真的。”

“她说什么？[①]”圣约瑟芙修女问。

院长为她做了翻译，圣约瑟芙修女听完，宽大纯朴的脸上泛起红光，喜不自胜。

“我用我的名誉担保，不会有错的。”

“你结婚多久了，我的孩子？”院长问，“哎呀，我嫂子像你结婚这么久的时候，已经有两个孩子了。”

基蒂心如死灰，再次瘫倒在躺椅上。

“我很羞愧。”她低声说。

“因为你怀孕了？为什么？还有比这更自然的事吗？”

“医生该多高兴啊。[②]”圣约瑟芙修女说。

“就是，你想想你丈夫要是听到这消息，该多高兴啊。他一定会喜不自胜。你只要看看他跟婴儿们在一起时的样子、他逗她们玩儿时

① 原文为法语：Qu’est-ce qu’elle dit。

② 原文为法语：Quelle joie pour le docteur。

的神情，你就知道他有自己的孩子的时候会有多高兴了。”

基蒂一时间沉默了。两位修女亲切地看着她，院长轻轻地抚摸着她的手。

“我真傻，之前居然没有察觉。”基蒂说，“无论如何，我很高兴没有染上霍乱。我现在感觉好多了，我要回去工作了。”

“今天不行，亲爱的孩子。你刚刚受了惊吓，最好回家好好地休息。”

“不，不，我宁愿留下来工作。”

“这可不行。如果我就这样放任你鲁莽行事，我们善良的医生会怎么说？如果你想，可以明天或后天来，但今天你得好好休息。我会派人给你雇个轿子，要我派个小姑娘陪你回去吗？”

“不，不用，我一个人回去就好。”

第五十六章

基蒂躺在床上，百叶窗关着。此时午餐时间已过，仆人们也都午睡去了。今天早上得知自己怀孕时（现在她确信那是真的了），她惊愕不已。从修道院回到家后，她就一直在思索着这件事，但无奈脑中一片空白，根本无法集中思绪。忽然外面传来了一阵脚步声。从这声音可知来者穿着靴子，因此绝非男仆。惊骇之中，基蒂意识到这个人只可能是她丈夫。沃尔特来到客厅，喊了几声她的名字，但她没回应。沉寂了一会儿后，门外响起了敲门声。

“谁啊？”

“我可以进去吗？”

基蒂从床上爬起，连忙套上晨衣。

“进来吧。”

他走了进来。屋内的百叶窗关着，昏暗的光线使他看不清她的脸色，这让基蒂感到庆幸。

“希望没有把你吵醒。我尽量敲得很轻。”

“我没在睡觉。”

他走到一扇窗户跟前，拉开了百叶窗，一束温暖的光线流进了屋内。

“出什么事了？”她问道，“你今天怎么回来得这么早？”

“那些修女说你不舒服，所以我想还是要回来看看你到底怎么了。”

一股怒气涌上她的心头。

“要是霍乱的话，你还有什么好说的？”

“真是霍乱的话，你今早就不会回家来了。”

她走到梳妆台前，拿起梳子梳理短发。她想借此争取时间，以便考虑如何应对眼前这个局面。随后她坐了下来，点燃了一支香烟。

“今早我的确感到不适，院长觉得我最好还是回家休息一会儿。但现在我已经完全好了，所以明天我会照常去修道院。”

“你究竟哪儿不舒服？”

“她们没和你说吗？”

“没有。院长说要你亲自告诉我。”

这时，他直视着她的脸，难得他会这样望着她，但这更多是出自职业本能，而非个人情感。基蒂迟疑了一会儿，然后鼓起勇气望向他的双眼。

“我怀孕了。”她说。

她已经习惯了沃尔特的脾性。当你对他说一件事时，原本期待的是他的惊叹，而回应你的却是一片沉默。但这一回他的沉默却让基蒂感到前所未有的震惊。他默不作声，身体僵直，脸部僵硬，黑色的眼珠里没有一丝神情变化表明他听到了什么。基蒂忽然很想哭出声来。如果夫妻彼此相爱，得知这个消息时，两人会激动地紧紧相拥。而现在这种沉默让人难以忍受，基蒂忍不住开口了。

“我不知道我之前怎么没想过会变成这样。我真愚蠢，但是……由于种种……”

“多久了……孩子预计什么时候出生？”

这些话似乎很难说出口。她喉咙干涩，她觉得他也是如此。她讲话时嘴唇哆嗦着，这令她生厌。如果他不是铁石心肠，这种情况总会引发他的同情才对啊。

“我估计已经有两三个月了。”

“我是这孩子的父亲吗？”

她猛吸了一口气。他问这话时，声音有些颤抖。他一贯态度冷漠、冷静自持，这突然的情感流露让人感到震惊和害怕。不知为什么，她突然想起在香港见过的一件仪器。人们告诉她，仪器上的指针的微微摆动意味着千里之外的地方发生了地震，说不定已有上千人失去了性命。她望了望沃尔特，他的脸色惨白，这种情况她曾见过一两次。他歪着头俯视着她。

“嗯？”

她紧攥双手。她清楚如果自己回答“是”，对他来说就意味着得到了整个世界。他会相信她，毫无疑问他会相信她，因为他愿意相信她。那样的话，他就会原谅她。尽管他很腼腆，但她知道他将柔情深藏在了心底，随时准备向她表达。他绝非记仇之人，只要给他一个理由，一个能触动他心弦的借口，他就会完全原谅她。沃尔特绝不会旧事重提，对此她很确信。或许他很残酷、冷漠甚至有些病态，但他绝不是那种心胸狭隘的卑鄙小人。只要她说一声“是”，那一切都会彻底改变。

而且她也迫切希望得到同情。自从意外得知自己怀孕后，她的心中就充满了各种奇特的期盼与未曾有过的向往。她感到虚弱，夹杂些许的害怕，与亲朋好友相隔万里也让她觉得孤单。尽管她平时不怎么在乎她的妈妈，但今早她却突然渴望妈妈能够在身边。她需要帮助，需要有人安慰。她不爱沃尔特，也清楚自己不可能爱上他，但此时此刻她真心渴望他能把她揽入怀中，让她偎依在他的胸前痛快地哭一场。她希望他能吻吻她，她想伸出双臂搂住他的脖子。

她哭了起来。以前她把撒谎当成家常便饭，如今撒个谎应该也易如反掌。既然能带来好处，那撒个谎又有什么要紧？谎言，谎言，到底什么是谎言呢？说声“是”很容易。她几乎已经看到了沃尔特的目光变得柔和，朝她张开了双臂。可是不知道为什么，她就是说不出口。在过去痛苦的几周里，她经历了很多——领教了查利的不近人情；看见了霍乱的蔓延以及因此死去的人们；结识了那些修女，甚至还有那位身材矮小、滑稽古怪的酒鬼沃丁顿。所有的这一切都使她改变了，和之前判若两人，连她自己也不了解自己了。虽然她曾感动过，但心灵深处似乎某个旁观者正在惊恐好奇地望着她。她必须说实话，撒谎并不值得。她的思绪不着边际地游动着，突然，她想起了那个死在墙根下的乞丐。她为什么会想到那个人呢？她没有抽泣，但眼泪却决了堤似的从她那双大眼睛里流下来。最后，她终于回答了沃尔特的问题——他是不是孩子的父亲。

“我不知道。”她说。

沃尔特咯咯地笑了起来，笑声像鬼哭一样难听，这让基蒂不禁浑身颤抖。

“这有点尴尬，不是吗？”

他的回答符合他的个性，完全在她的意料之中。即使是这样，基蒂听后仍觉得心里凉了半截。她希望他能够意识到她经历了多么激烈的思想斗争才说出了实话（与此同时，她觉得做出这个选择并非困难重重，而是不可避免的）。他是否相信她的话呢？她的回答——“我不知道，我不知道”——像重锤落下的声响一样在她脑海里回荡。话已出口，覆水难收。她从包里拿出手帕，擦干了眼泪。两人都默不作声。她床边的桌上放着一只虹吸水瓶，沃尔特给她倒了杯水。他走到她面前，手端着杯子喂她喝水。她注意到他的手变瘦了。以前他的手很好看，手指纤长，但如今只剩下皮包骨头了。他的手微微地颤抖着。他能够很好地控制住面部表情，但这只颤抖的手暴露了他内心的波动。

“刚才我哭了，你不要放在心上。”她说，“这没什么，只不过是我控制不住眼里的泪水罢了。”

她喝完了水，沃尔特把杯子放回了原处。他坐到椅子上，点着了一支香烟，然后轻轻地叹了口气。基蒂也曾听过一两次他这样叹气，每次听到都会让她的心猛地抽搐一下。沃尔特出神地望向窗外，基蒂看着他，意外地发现他现在瘦得出奇，而她在过去的几周里却未曾注意到。他的太阳穴已经凹陷下去，脸上的骨头明显凸了出来。身上穿的衣服松松垮垮，似乎穿的是比他的个头大一号的人的衣服。经过这几周太阳的暴晒，他的脸色白中带绿，整个人看上去疲惫不堪。他一直在拼命工作，很少睡觉，也几乎不吃东西。基蒂自己正伤心悲痛、忧虑不安，但也忍不住同情起他来。她什么也帮不上，这太残忍了。

他用手捂住前额，似乎头疼的样子。基蒂心想，在他的脑子里，“我不知道”这句话也像重锤一样敲击着他。这个郁郁寡欢、冷漠害羞的男人竟然本能地喜欢小孩子，真令她不可思议。大多数男人连自己的亲生小孩都不会放在心上，但那些修女不止一次向她提到沃尔特喜爱孩子，她们不仅对此深受感动，也觉得颇为有趣。对那些古怪的小孩尚且如此，如果是自己的孩子他又会怎样呢？这点不难想象。基蒂咬住嘴唇，以免再次哭起来。

沃尔特看了看手表。

“我恐怕得回城里去了。今天还有许多事要做……你一个人行吗？”

“哦，可以的。不用为我担心。”

“我想晚餐你就不必等我了。我可能回来得很迟。我去于上校那儿吃点东西。”

“好吧。”

他站起身来，说道：“如果我是你，我今天就什么事也不做了。你最好放松一些。我走之前，还有什么能帮你做的吗？”

“没有了，谢谢。我很好。”

他稍停了一会儿，似乎在犹豫着什么，然后突然拿起帽子，没多看她一眼就走了出去。她听着他的脚步声出了院子，而后一股极度的孤独感涌上心头。现在无须掩饰了，她放声大哭了起来。

第五十七章

夜里十分闷热，基蒂坐在窗边，望着闪烁的星光下那座中国庙宇的屋顶。沃尔特终于回来了。因为哭了很久，她感到眼皮沉重，不过情绪却很稳定。尽管百事烦心，但可能是哭累的缘故，她的心情反而出奇地平静。

“我以为你已经睡了呢。”沃尔特进屋时说道。

“我不困。我想坐起来可能凉快一些。你吃过晚餐了吗？”

“吃过了。”

他在这狭长的屋子里来回踱着步子。基蒂看得出他想对她说些什么，只是一时难以启齿。她不动声色，耐心地等着他开口。突然，沃尔特开口了。

“我一直在想你今天下午和我说的事。看来，你最好还是离开这里。我已和于上校谈妥了，他会派人护送你回去。你可以带上女仆。路上很安全，你放心好了。”

“我能去哪儿？”

“你可以回到你妈妈身边。”

“你认为她会乐意见到我？”

他犹豫了片刻，没立刻回答，似乎在思索着什么。

“那你可以去香港。”

“我去香港能干什么呢？”

“你需要看护与照料。让你待在这儿是不公道的。”

听到这话，她不禁笑了。这不光是苦涩的笑，也是愉悦的笑。她瞥了他一眼，几乎大笑起来。

“我不明白你为什么如此担心我的健康。”

他走到窗边，站在那儿望着窗外的夜色。由于天气晴朗，夜空中的星星比以往任何时候都要多。

“你有孕在身，不适合继续在这里待下去。”

她看着他，他身着薄衣，在夜幕的衬托之下显得浑身雪白。他那优雅的侧影里暗藏着凶兆，但奇怪的是，这让她感到激动而非恐惧。

“当初你坚持要我来这里，是不是想要我的命？”她突然问道。

他沉默良久，基蒂还以为他是故意装作没听见。

“一开始是这样想的。”

基蒂听到后打了个寒噤，这是他第一次承认他的企图。但是她并不恨他，这让基蒂自己也感到吃惊。基蒂对沃尔特由衷钦佩，还觉得他有点好笑。不知为何，她忽然想起了查利·汤森。现在在她看来，他不过是个卑鄙的大混蛋而已。

“你冒这种风险实在太可怕了。”她说，“你性格敏感且有良知，如果我死了，你会原谅自己吗？”

“嗯，你没有死呀。你熬过来了，还挺精神。”

“这辈子从没感觉这么好过。”

她有一种冲动，她想趁着他心情不错得到他的宽恕。毕竟他们共患难过，当人们都生活在恐惧与绝望之中，再把过去的荒唐之举看得过重似乎不合时宜。死亡近在咫尺，霍乱夺走人的性命就像农夫挖土豆一般容易。此时还去计较此男彼女的身家清白与否，未免过于愚蠢了。现在查利对她而言早已一文不值，她真希望沃尔特能够意识到这点。她已经回忆不起他的模样了，心中对他的爱也早已荡然无存，因此两人曾经的偷欢之举也失去了意义。她已回心转意，即便曾经红杏出墙，现在也不值得一提了。她真想对沃尔特说：“喂，你觉得我们两个人犯傻的时间还不够长吗？我们像孩子一样互相怄气。为什么我们不能相互亲吻、友好相处呢？即使我们不相爱，也并不妨碍我们成为朋友。”

沃尔特站着一动不动，在灯光的照射下，他那毫无表情的面孔苍白得令人吃惊。她对他并不信任。若她说错话，他会毫不留情地给她脸色看。如今她知道他敏感至极，尖酸刻薄只是他保护自己的盾牌，一旦感情受挫，他就会立马关上心扉。他的愚蠢一度让基蒂气急败坏。毫无疑问，最让他难以释怀的是虚荣心受到了打击，基蒂隐约意识到这是他最难被治愈的伤痛了。真奇怪，男人竟会如此看重妻子的贞洁。当与查利有了第一次鱼水之欢后，基蒂盼着自己能够与以往不同，然而事与愿违，除了状态好些、精力更充沛外，其他方面依然如故。此刻她真希望她能告诉沃尔特他是孩子的父亲。撒个谎对她来说无足轻重，但对沃尔特而言却是莫大的安慰。况且对他说声"是"也不一定就是谎言。奇怪的是，她的内心深处有某种东西在阻止她从这种推断中获得好处。男人是多么愚蠢啊！他们在生儿育女方面扮演的角色微不足道，是女人们十月怀胎，历经辛苦，最后还要忍受分娩带来的剧痛。可那些男人竟因为与女人有了短暂的床笫之欢后，就提出这样荒谬可笑的要求。亲生与否跟他们对孩子的感情有什么关系？基蒂想到了自己怀着的孩子，她没有满怀深情或母爱，而仅仅是觉得好奇。

在一段长时间的沉默后，沃尔特终于出声了。

"我想你有必要再考虑一番。"

"考虑什么？"

沃尔特微微侧着身子，似乎对这个问题感到很吃惊："关于你什么时候离开这儿的问题。"

"但我不想离开。"

"为什么不走呢？"

"我喜欢在修道院工作，这让我感到自己有价值。你待多久我就待多久。"

"我想我应该和你说，以你目前的状况，你很容易感染疾病。"

"感谢你考虑得如此周到。"她讥讽地笑道。

"你留下来不会是因为我吧？"

她犹豫了一会儿。沃尔特根本没想到，此刻他在她心里激起的最强烈的、最出乎意料的情感居然是同情。

“不。你不爱我。我常觉得自己让你很烦。”

“我没想到你会为了那些古板的修女和那群顽童如此卖力，看来我错了。”

她的嘴角微微露出一丝微笑。

“你对我看走了眼，所以鄙视我。这实在太不公平了。你自己的愚蠢可不能怪到我头上。”

“如果你决定留下来，那么请便吧。”

“没能让你展示自己的宽宏大量，对此我感到抱歉。”她发现很难与他诚恳地交流，“事实上，你说得对，我留下来不仅是为了那些孤儿。你也知道我当前处境难堪，在这个世界上没有我的容身之处。我知道我到处惹人厌、我不值一提，没人会在乎我的死活。”

他皱了皱眉头，但并非出于愤怒。

“我们已经把事情搞得一团糟了，不是吗？”他说。

“你仍想和我离婚吗？现在我可不在乎了。”

“你应该知道我带你到这儿来，就已经原谅了你的过错。”

“我不清楚。你知道，我没研究过不忠的行为。我们离开这里后打算怎么办？我们还会生活在一起吗？”

“哦。走一步说一步吧。”

他的声音里透着极度的疲惫。

第五十八章

两三天后，沃丁顿来修道院接基蒂（她生性好动，忍不住又重拾工作了），并兑现了诺言，带她去和他的情人一起品茶。基蒂不止一次在沃丁顿家中就过餐。这是一栋富丽堂皇的白色方形建筑，这类楼房是专为海关官员建造的。她曾就餐的餐厅以及落座的客厅里都摆饰着整洁的木制家具。这让这房子看起来既像办公室又像旅馆，仅仅是那一拨又一拨使用者的临时逗留之处，没有一丁点家的感觉。你怎么也不会想到二楼演绎着神秘又浪漫的故事。二人登上一段楼梯后，沃丁顿推开了一扇门，基蒂跟着他走了进来。屋内空荡荡的，四周的墙壁被粉刷得雪白，墙上挂着几幅风格各异的书法卷轴。屋内摆着一张方形桌，桌旁有把直背扶手椅。这桌椅都由黑檀木制成，雕饰繁杂精美。他的情人就端坐在那椅子上。基蒂和沃丁顿进来时，她站了起来，但并未前迎。

"她来了。"沃丁顿对她说，接着又用汉语讲了几句什么。基蒂同她握了握手。她身穿一身绣花旗袍，显得身形苗条，个子比基蒂印象中的南方女性要高一点。她披着一件淡绿色的丝绸上衣，细细的袖子遮住了手腕。一头乌黑的头发上戴着满族风格的精致头饰。她脸上搽了一层香粉，从眼到口部分的双颊抹着厚厚的胭脂。眉毛被修成了一道黑色的细线，嘴唇涂得鲜红。在这张面孔上，一双有些斜视的黑色大眼睛熠熠发光，如同波光闪烁的墨湖。与其说这是一张女人的脸，倒不如说是一个人偶。她举止稳重，慢条斯理。基蒂觉得她略带羞涩，但又对来客充满了好奇。在沃丁顿介绍基蒂时，她始终盯着基蒂，并点了两三次头。基蒂注意到她的手异常修长、纤细，皮肤白得如同象牙，精心修饰过的指甲涂了颜色。基蒂从未见过比这样一双柔弱雅致的手更惹人爱的东西。这双手透出一个民族绵延至今的教养与文明。

她话不多，声音又尖又细，像是果园里鸟儿的啁啾声。沃丁顿给她翻译，说她很高兴见到基蒂，还问了基蒂年龄多少，生了几个孩子。他们在方桌旁那三把直背靠椅上坐了下来。这时一位男仆端来几碗茶，茶水颜色很淡，散发着茉莉的芳香。满族女人递给基蒂一个绿色的锡罐，里面装有“三炮台”牌香烟。屋内除了桌椅外就没几样家具了，只有宽大的硬板床上摆着的一个绣花头靠和两个檀香木的衣柜。

“她白天在家都做些什么？”基蒂问道。

“偶尔作作画，有时也写写诗，但大多数时间都是坐着。她抽大烟，但有节制，这值得庆幸，因为我的职责之一就是禁止鸦片交易。”

“你也抽吗？”基蒂问沃丁顿。

“很少。说实话，我更喜欢威士忌。”

屋内飘着一股淡淡的酸味，但并不使人难受，而是给人一种异域他乡的情调。

“请你告诉她，因为语言不通，我很遗憾无法直接与她交谈。但我确信我们有许多话要对对方说。”

沃丁顿把基蒂的话翻译过去，她瞥了基蒂一眼，眼里带有一丝笑意。她衣着华美，坐姿得体大方，让人印象深刻。在她那涂满脂粉的脸上，机警的双眼朝前望着，显得泰然自若、深不可测。她看上去不像个真人，倒像一幅典雅高贵的画，让基蒂自惭形秽。命运将基蒂带到中国后，她对身边的事物不屑一顾，甚至还有几分鄙视。她周围的一些人也是如此。此刻，她似乎突然对遥远神秘的中国略知一二了。这儿就是东方，古老神秘、高深莫测的东方。从那个体态优雅的满族女人身上，基蒂隐约看到了东方的信仰与理想。与之相比，西方人所谓的信仰就显得粗鄙了。这儿的人们过着一种截然不同的生活，与她处在两个世界。看着眼前这个“人偶”，看着她那涂脂抹粉的脸、斜视机警的双眼，基蒂觉得众生所付出的努力和尝过的痛苦在这个女人看来都是荒诞不经的。这张涂脂抹粉的面具似乎掩盖了丰富、深刻的经历，那双修长精致的手和那纤细的手指握着打开这个世界不解之谜的钥匙。

“她每天都在想些什么呢？”基蒂问道。

“没想什么。”沃丁顿笑着回答。

“她真的很美。告诉她，我未曾见过像她这样漂亮的手。我想知道她看上你哪一点了。”

沃丁顿笑着把这句话翻译给她听。

“她说我人好。”

“好像女人总是因为男人拥有美德才爱上他们。”基蒂不无讥讽地说。

这位满族女人只笑过一次，就在基蒂为了寻找话题而夸赞她戴的翡翠手镯之时。她将手镯脱下递给基蒂。基蒂试图戴上，虽然她的手很小，但手镯怎么也戴不进去。看到这儿，那满族女人便像孩子般笑了起来。她对沃丁顿说了些什么，然后叫来一位女仆并吩咐了她几句。不一会儿，女仆拿来了一双十分漂亮的满族风格的鞋子。

“如果你能穿上的话，她想把这双鞋子送给你。”沃丁顿说道，“你会发现，把这双鞋子当成在卧室里穿的拖鞋，还是挺不错的。”

“我穿上一定会合脚。”基蒂满意地说。但她注意到沃丁顿的脸上露出了坏笑。

“她穿着太大了吗？”基蒂问道。

“大了去了。”

基蒂大笑起来。沃丁顿把这话翻译出来后，那满族女人和女仆也都笑了。

不久，基蒂与沃丁顿离开了那房子，两人朝一座小山走去。她对他友好地笑了。

“你以前怎么没告诉我你很爱她啊？”

“你怎么知道我爱她呢？”

“我是从你的眼睛里看出来的。真怪，这就像在爱一个幻影，爱一场梦境。男人真叫人捉摸不透。我原以为你和其他人一样，现在看来我对你毫不了解。”

他们走到了基蒂住的平房，他突然问她：“你怎么想起来要见她？”基蒂犹豫了一会儿，然后做出了回答。

“我正在寻找某种东西，我自己也说不清为何物，但我知道找到它对我来说至关重要。若能寻到，我的生活将发生天翻地覆的变化。或许那些修女清楚它为何物。与她们待在一起时，我感到她们有个不愿与我分享的秘密。我不知为什么会冒出这个想法——如果我能看到这位满族女人，那么或许会对自己所寻找的东西有所启示。她知道的话，或许就会直接告诉我了。”

“你怎么会认为她知道呢？”

基蒂斜着看了他一眼，没有回答，反而向他抛出一个问题。

“你知道那是什么东西吗？”

他微笑着耸了耸肩膀。

“那就是‘道’。为了寻求它，有人吸食鸦片，有人信仰上帝，有人沉溺于威士忌，有人寄希望于爱情。追寻‘道’的方式殊途同归，而‘道’却通往虚无。”

第五十九章

基蒂重新投入到修道院那令她心情舒畅的日常工作中去了。尽管每天早晨她都觉得身体不适，但她干劲十足，这点不舒适还是能够克服的。修女们突然对她来了兴致，这让她始料不及。之前大家在走廊里碰到她时只会问声早上好，如今她们却想方设法地找个理由到她屋里瞧她，跟她聊一会儿，高兴激动像小孩子那样。圣约瑟芙修女翻来覆去地向她讲述这些天来她常说的那些话，如“我觉得奇怪”，或者“这并不让人感到意外”以及基蒂晕倒时“这确定无疑，一眼就能看出”等。她的絮絮叨叨让基蒂感到厌烦。她不厌其烦地给基蒂讲她嫂子生孩子的情形，要不是基蒂对幽默相当敏锐，听后准会心生惶恐。圣约瑟芙修女兴致高昂地讲起自己真实的生长环境（一条小河从父亲的农场蜿蜒流过，岸边棵棵白杨挺立，微风徐徐，树叶飘荡），不时又穿插着说些宗教上的事。她笃信像基蒂这样的异教徒肯定没有听说过天使传报[①]的故事，所以有一天就和她聊起了这个。

“每当我读到《圣经》里的那几行字，总会忍不住落泪。”她说，“我不清楚原因，但它总会使我大受感动。”

接着她就用基蒂听不懂的法语念了起来。她的发音准确，语气有点平淡。

“天使进去，对她说：‘蒙大恩的女子，我问你安，主和你同在

---

① 天使传报（Annunciation）：报喜天使长加百列奉告圣母玛利亚她将诞下圣子耶稣。

了！’”①

基蒂怀孕的消息迅速地传遍了整个修道院，像微微阵风吹过果园里的白色花朵，在这些不结婚生子的修女中间引起了不小的骚动，让她们既担惊受怕，又兴奋不已。她们对基蒂又是担忧，又是挂念。她们毫不避讳地关注基蒂的体形变化（毕竟她们都出自农夫或者渔民之家），童真未泯的心中满是敬畏。她们为基蒂肚子里的孩子忧心忡忡，但又莫名其妙地感到兴奋快乐。圣约瑟芙修女告诉基蒂，所有人都在为她祈祷。圣马丁修女为她不是天主教徒而倍感惋惜，院长为此斥责了她，说她即使是名新教徒，也可以成为一个贤惠勇敢的女人（用她的原话说，美妙的女人②），万能的主自有安排。

基蒂为自己引起的关注而感动，同时这也使她分神。最让她惊讶的是，连一向严肃庄重的院长也开始对她另眼相待。她对基蒂一直都很友好，但总叫人觉得有距离感。如今她待基蒂就如同母亲待女儿般，她用一种前所未有的温柔的语气和她讲话，用带着笑意的目光注视着基蒂，仿佛她是个做了件聪明讨人喜的事的孩子，这让基蒂异常感动。原先院长的灵魂就如同一片灰暗平静的大海，雄伟庄严，令人心生敬畏。后来一缕阳光突然透进她的灵魂，使她变得开朗、亲切而欢快起来。现在每逢傍晚，她都会来陪基蒂坐一会儿。

“我得管着你，亲爱的孩子，你可别累着了。”她说，然后给自己的话找了个冠冕堂皇的理由，“不然的话，费恩医生永远都不会原谅我。哦，这个自制力强的英国人！心里明明应该乐得开花，但一和

① 参照《新约·路加福音》：“到了第六个月，天使加百列奉神的差遣往加利利的一座城去，这城名叫拿撒勒，到一个童女那里，是已经许配大卫家的一个人，名叫约瑟。童女的名字叫玛利亚。天使进去，对她说：“蒙大恩的女子，我问你安，主和你同在了！”玛利亚因这话很惊慌，又反复思考这样问安是什么意思。天使对她说：“玛利亚，不要怕！你在神面前已经蒙恩了。你要怀孕生子，可以给他起名叫耶稣。他要为大，称为至高者的儿子，主神要把他祖大卫的位给他。”

② 原文为法语：une brave femme。

他提孩子的事，他的脸色竟然煞白。”

她拉过基蒂的手，亲热地握着。

“费恩医生告诉我说他原想叫你离开这儿，但你舍不得离开我们。你太善良了，亲爱的孩子。我想让你知道我们很感激你的帮助。不过，我想你也不愿离开他。这样也好，因为你是他的妻子，他需要你。啊，没了这位令人钦佩的医生，我们真不知道应该怎么办。”

“他能替你们尽点力，这让我很高兴。”基蒂说。

“你得全心全意地爱他，亲爱的，他是位圣人。”

基蒂微微一笑，但心底却长叹一声。现在她唯一能替沃尔特做的一件事，自己却不知如何做起。她想要得到他的宽恕，不是为了她自己，而是为了沃尔特，因为只有这样他才能得到心灵上的平静。求他原谅是无济于事的，如果他起了疑心，察觉到她这么做不是为了自己，而是为了他，那么出于顽固不化的虚荣心，他无论如何都会拒绝的（奇怪的是，她已经不会再为他的虚荣心感到恼火，反倒觉得这是人之常情，这反而使她更替沃尔特难过）。要想让他打消疑虑，只能等意外之事从天而降。她想他或许也期待有什么能让他心潮汹涌的事发生，好把他从梦魇似的愤懑之中解救出来。不过，即使真出现这样的事，如果激起了他的逆反情绪，以他那迂腐的死脑筋，怕是又会执拗到底。

唉，人生苦短，人们却还要自寻烦恼，这岂不是太可悲了吗？

第六十章

虽说院长与基蒂只交谈过三四次，而且其中一两次只有十分钟，但给基蒂留下了深刻的印象。院长的性格就像一片原野，初看广阔恢宏而难以亲近，走近之后就会发现在巍巍高山之间坐落着几个笑脸相迎的村庄，那里果树葱葱，草地茵茵，流水潺潺。这些赏心悦目的景色虽使人吃惊，甚至说得上让人倍感慰藉，但风暴肆虐的褐土之地远非安顿之所。要跟院长的关系达到亲密无间的程度简直是天方夜谭。她的身上有种不近人情的特质，尽管基蒂在其他修女身上，甚至在脾气随和、生性健谈的圣约瑟芙修女身上也有此感觉，但与院长之间的隔阂几乎显而易见。她与你同踏一片土地，应对同样的俗事，但是又让你觉得她所处的境界是你可望而不可即的，这着实令人费解，让人不禁心生恐惧和敬畏。

她曾对基蒂说:“一个修女不停地在耶稣面前祷告是远远不够的。她应该能独自祷告。”

她与基蒂交谈时，话语中交织着她的信仰。在基蒂看来这是自然而然的事，她丝毫没有向异教徒说教的意味。院长深怀博爱，却对基蒂罪孽深重的对上帝的无知听之任之，这让基蒂感到奇怪。

一天傍晚，两人又坐在了一起。白昼比往常短了，傍晚的阳光十分柔和，周围的气氛略显阴郁。院长看上去疲惫不堪，她那憔悴的脸显得凄楚苍白，黑色的眼睛失去了以往的光泽。或许正是由于疲惫，她十分罕见地愿意跟人谈谈心里话。

“今天对我来说是个值得纪念的日子，我的孩子。”长久的沉思过后，她开口说道，“今天是我最终下定决心入教的周年纪念日。我用了两年的时间一直思索着要不要皈依我主，面对主的召唤我倍感踌躇，因为担心自己皈依之后仍会受到俗世的蛊惑。那天清晨，我在接受圣餐时发誓说，我要在夜幕降临之前将理想告知亲爱的母亲。接受圣餐时，我祈祷上帝赐予我心灵的平静。主似乎对我说：‘当你不再有什么欲望时，心情自会平静。’”

此刻院长似乎陷入了对往日的追忆中。

“那天，我的一个朋友——维尔诺夫人，不辞而别去了卡梅尔修道院。她知道亲友们都会反对，但是她是一位寡妇，她认为有权作出自己的选择。我的一位表姐去向她道别，直到傍晚才回到家，并为维尔诺夫人的这一行为大受感动。那时我还未对母亲说出自己的想法，一想到要和她提，我就全身颤抖。但我必须遵守领圣餐时所做出的决定。我询问表姐各种各样的问题。当时母亲看上去一门心思忙于绣花，没说一句话。我一边和表姐说话，一边在心里盘算着：如果今天要和母亲说的话，现在就一分钟也不能耽搁了。

“说也奇怪，当时的场景至今我还历历在目。我们围坐在桌旁，桌上铺着一张红布，屋里摆着一盏盖了绿色灯罩的灯，大家围在灯下绣花。我的两个表姐与我们住在一起，大家一起做绣花椅垫，打算翻新下客厅里的那些旧椅垫。想想看，那些旧椅垫在路易十四时代[①]就开始用了，此后就再也没有修补过，早已破旧、褪色了。母亲说用这些旧椅垫很不体面。

“我几次试着开口，但我的嘴却不听使唤。沉默了一会儿后，母亲突然对我说：‘我实在不明白你朋友的做法。我看不惯没和亲友说一句就不辞而别这种做法。她的行为有些出格，不合我胃口。一个有教养的女人绝不会做出落人话柄的事。假如你有朝一日要离我们而去，我们将会悲痛万分，但我希望你不要像犯了罪似的逃之夭夭。’

---

① 路易十四（Louis XIV，1638—1715）：全名路易·迪厄多内·德·波旁，尊号太阳王（法语：le Roi Soleil），1680 年更接受巴黎市政会献上的“大帝”（le Grand）尊号，是波旁王朝的法国国王和纳瓦拉国王。

“到我开口的时候了，可是我却那么软弱，只回了一句：‘嗯，您就放心好了，妈妈，我可没那个胆量。’

“我的母亲没有回答。我有些退缩了，没有勇气讲出自己的想法。我耳边似乎响起了主的声音，他对圣彼得[①]说：‘彼得，你爱我吗？’哎，我是多么的软弱无能和不守信用啊！我舍不得放下舒适的生活，舍不得家人，舍不得各种娱乐消遣。我痛苦地思考着，没过一会儿，母亲又开口了，好像谈话根本没有断过一样。她说：‘我的奥黛特，我不信你这一辈子都不会做自讨苦吃的事。’

“我当时还未从焦虑与思索回过神来，两个表姐丝毫没有察觉到我的心脏正怦怦直跳，只顾静静地绣花。突然，母亲放下手中的活，目不转睛地望着我说：‘嗯，我的孩子，我敢断定到头来你会成为一位修女。’

“‘您这话不是开玩笑的吧，亲爱的妈妈？’我回答道，‘你把我心底的想法说了出来。’

“‘可不是，’我的两个表姐没等我说完就插嘴，‘这两年奥黛特就只想着这件事。但是姑姑您不会答应她的，您一定不会允许她这么做的。’

“‘亲爱的孩子，如果这是上帝的旨意，’我的母亲说，‘那么我有什么权力阻止她呢？’

“接着我的两个表姐开始假装起哄，问我的那些小玩意儿要怎么处置，兴奋地争论起哪个玩意儿应该归谁所有。但是欢快的气氛只持续了一会儿，我们便都哭了起来。接着传来了父亲上楼的脚步声。”

院长停顿了一会儿，叹了口气。

“我父亲非常难过，我是他唯一的女儿，而且父亲对女儿的感情总比对儿子的更深一些。”

“人都有感情，这也是一种负担。”基蒂微笑着说。

---

① 圣彼得（Saint Peter，1 — 约 64—68）：通称西门彼得（St. Petrus），早期基督教领袖人物之一、耶稣十二门徒之一。

“将这种感情献给对耶稣基督的爱，是多么大的幸运啊。”

这时候一个小女孩朝院长走来，得意扬扬地向院长展示一个不知从何处得来的古怪的玩具。院长把她漂亮纤细的手搭在这孩子的肩上，小女孩躲到了院长的怀里。看着院长脸上甜美超然的微笑，基蒂很受感动。

“所有的孤儿都这么喜欢你，真让人欣慰，院长。”基蒂说道，“如果我能得到如此之多的爱慕，我将会十分自豪。”

院长再次露出了淡漠而美丽的微笑。

“只有一个办法能赢得众人的心，那就是爱他人，然后才能被爱。”

第六十一章

那晚沃尔特没有回家吃晚饭。以往因公务脱不开身要留在城里时，他总会让人捎个信回来，所以基蒂这次还是先等了一会儿，最后才坐下来独自吃饭。她没心思享用晚餐，只好假装吃了一些。尽管霍乱盛行导致蔬菜供应紧张，但厨师为了表示尽职，总是设法每顿都煮很多道菜。饭后，基蒂躺在窗边的长藤椅上，沉醉在星光璀璨的夜色当中。万籁俱寂，她感到身心放松。

她不想拿出书来读，她感到思绪在脑海表层漂浮，如同平静湖面上的白云的倒影。她太疲倦了，抓不住飘忽的思绪，也理不清它的来龙去脉。近些天来她与修女谈话，所得印象应有万千，但是她却觉得一片朦胧。奇怪的是，那些修女的生活方式深深地打动了她，但她们的信仰却没有使她动心。她不敢想象自己也会被她们充满激情的信仰所俘获。她轻轻地叹了口气，心想：假如那伟大的圣洁之光也能照亮她的灵魂，也许一切事情都会迎刃而解。有一两次，她忍不住想要把自己的不幸遭遇及其原因都一五一十地告诉院长，但她没那个勇气。要是这位严肃的院长把基蒂想成一个放荡女子，那她可受不了。对院长来说，她的所作所为已经算是罪大恶极了。说来也怪，她自己倒不把那件事看成罪孽，那只不过是件愚蠢的丑事罢了。

或许由于她太迟钝了，她把自己和汤森的私情看作是件憾事、丑行，但是大可不必去忏悔，只要抛之脑后即可。这就像在舞会上说了些蠢话，固然有失体面，但也无可挽回，斤斤计较大可不必。想到查利，她不禁打了个寒噤。她想到了他一身华服下那魁梧的身躯，暧昧的下颌，挺起胸脯以掩盖发福的腹部的站姿。她还想起，他那细红的毛细血管在他的脸颊上形成的网络。从生理学上看，他是个多血质类型的人。曾经她很喜欢他那浓密的双眉，现在回想起来那里面隐藏着肉欲——令人反感的肉欲。

今后怎么办？令人不解的是，她对这问题漠不关心。她根本看不到未来。说不定她会因难产而死去。她的妹妹多丽丝身体一向比她好，可是生孩子时也几乎丧命（她已经尽到了自己的本分，给准男爵生了个继承人。基蒂想到母亲当时得意的样子，忍不住笑了）。既然未来难以捉摸，那么她很可能注定看不到了。沃尔特很可能要求她的母亲来照顾这个孩子——如果孩子能活下来的话。她对沃尔特很了解，尽管他不知道这个孩子是不是他的骨肉，但基蒂确信他会慈爱地对待这个孩子的。沃尔特是个值得信任的人，行事光明磊落。遗憾的是，虽说他有许多优良品质——大公无私、看重荣誉、聪明睿智、体贴周到，她却始终不爱他。如今，她已经不再对沃尔特感到畏惧，只是对他心中有愧，也觉得他有些荒唐。他对感情投入太深，因此容易受伤害。她觉得有朝一日她可以利用这一点，使他宽恕自己。沃尔特原谅他人后才能得到心灵上的平静。唯有这样，才能弥补她之前给他带来的伤害。可惜的是他没有一丁点的幽默感。她能想象到有朝一日两人回想起当初如何折磨对方时大笑不已的场景了。

她感到倦了，于是便提起煤油灯回到自己的房间，脱去衣服躺倒在床上，不一会儿就睡着了。

第六十二章

一阵砰砰的敲门声把基蒂惊醒了。一开始她还以为是在梦里，没有意识到这是真的。但敲门声持续不断，她才意识到有人在敲院子的大门。外面一片漆黑，她拿出手表，借着指针上的夜光，看到时间是凌晨两点半。她想必定是沃尔特回来了——他回来得太晚了，男仆们都睡得太死，根本叫不醒。敲门声仍在持续，而且越来越响，在这万籁俱寂的夜里，这声音着实令人惊慌。这声音终于停了，她听到那沉重的门闩被拉开的声音。沃尔特从未这么晚回来过。可怜的人，他一定累垮了。但愿他今晚会直接上床睡觉，可别像往常那样再去实验室工作了。

基蒂听到了好几个人的说话声音，然后一群人拥了进来。这种情况出乎她的意料，因为沃尔特每次深夜回家，都会为了不吵醒她而蹑手蹑脚。有两三个人快步跑上了木头楼梯，进了她隔壁的屋子。基蒂有些害怕。出事了吗？她的心怦怦地跳起来。可是她还没来得及弄清楚是怎么回事，就有人穿过隔壁房间走向她的卧室，并敲了敲门。

"费恩夫人。"

她听出这是沃丁顿的声音。

"嗯，出什么事了？"

"你能马上起来吗？我有些事要对你说。"

她起身披了件晨衣，然后把锁打开，拉开了门。沃丁顿身穿中式裤子，上面套着件丝绸外套。仆人站在他的身后，提着盏防风灯，再后面是三个穿着卡其布军衣的中国士兵。她看见沃丁顿神情惶恐，心里吓了一跳。他的头发乱蓬蓬的，好像刚从床上爬起来似的。

“出什么事了？”她屏住呼吸问。

“你必须保持冷静。马上穿好衣服跟我走吧，一刻也不能耽搁了。”

“到底出什么事了？是城里出乱子了吗？”

看着那几个士兵，她突然反应过来，城里一定发生了暴乱，这些士兵是来保护她的。

“你的丈夫病了，我希望你马上去看看。”

“沃尔特？”她叫了起来。

“你不要难过。我也不清楚是怎么回事。于上校派来这位军官，叫我们立刻带你去衙门走一趟。”

基蒂盯着他看了一会儿，心里突然感到一阵冰凉，然后转身说道：

“我两分钟内就会准备好。”

“我也是在睡梦中被叫醒的，”沃丁顿说道，“只是胡乱披了件外套，拖着鞋子就来了。”

基蒂没听清他说的话。她借着星光，摸着啥就穿啥。她的手突然不听使唤了，好半天也扣不上扣子。她披上晚上常穿的那件粤式披肩。

“我没找到帽子。用不着戴了吧？”

“不用。”

仆人提着防风灯在前带路，几个人匆匆地下了楼梯，走出了大门。

“你当心些，别摔着了。”沃丁顿说，“你最好挽住我的胳膊。”

那几个士兵紧紧地跟在后面。

“于上校已经派来了轿子，就在河的对岸等着我们。”

他们快步朝山下走去。基蒂的嘴唇颤抖得厉害，话已到舌尖，却不敢开口。她害怕听到那个可怕的消息。来到河边时，一条小船已经停在岸边，船头亮着微弱的灯光。

“是不是霍乱？”她终于问道。

“恐怕是的。”

她叫了一声，马上又收住了。

“我想还是抓紧赶路吧。”

沃丁顿伸出一只手，把基蒂拉上了船。河面很窄，河水几乎静止不动。他们一伙人站在船头，一个身背孩子的妇女用单桨划着船。

“他是今天下午生病的，不，应该说是昨天下午。”沃丁顿说。

“为什么不马上叫我过去呢？”

他们压低了说话的声音，虽然无此必要。夜色很深，基蒂看不到沃丁顿的焦虑有多么强烈。

“于上校本来想派人告诉你，但是沃尔特不准。于上校一直守在他的身边。”

“即便是这样，于上校也应该派人来叫我啊。这样做太无情了。”

“你丈夫知道你从未见过得霍乱的病人。那种场景实在太可怕、太恶心人了。他不想让你见到。”

“但不管怎么说，他都是我的丈夫。”她哽咽着说。沃丁顿没有吱声。

“怎么现在准我去了？”

沃丁顿伸手挽住她的胳膊。

“亲爱的，你必须勇敢起来。你得做最坏的打算。”

她痛苦地哀号了一声，但发现那三个中国士兵正看着她，便把身子转了过去。她瞥了他们一眼，却清楚地瞧见了他们的眼白。

“他快不行了吗？”

“我只知道这位军官是于上校派来接我的，同时带来了于上校的口信。照我看，他恐怕快不行了。”

“一点希望也没有了吗？”

“这着实令人难过，如果我们不能尽快赶到那儿，恐怕见不到他最后一面了。”

基蒂浑身颤抖，眼泪顺着脸颊汩汩地流了下来。

“你知道，他劳累过度，抵抗力太差了。”

基蒂恼怒地将胳膊从他的手里挣脱出来。沃丁顿那低沉痛苦的声调惹火了她。

船摇到了对岸，站在河边的两个苦力扶着基蒂上了岸。几顶轿子正停在那儿。基蒂上了轿子后，沃丁顿对她说：

“你千万要镇静，尽力克制住自己。”

“和轿夫说一声，让他们走快点。”

“已吩咐过了，让他们尽量快。”

军官坐的轿子已经抬起来了。走到基蒂这里的时候，他向基蒂的轿夫喊了一声，让他们走快点。轿夫麻利地把基蒂坐的轿子抬起来，将轿杠往肩上一扛，飞快地迈开了步子。沃丁顿的轿子紧随其后。他们沿着山坡飞快地走着，每顶轿子前面都有一个人提着灯引路。到了水闸，守闸人手举火把为他们照明。军官朝他喊了几声，他马上打开一扇门，让基蒂他们进去。守闸人呼喊着号子，轿夫们也用号子回应。在这死寂的夜里，这种奇怪的语言发出的刺耳声音显得神秘又令人心惊。轿夫们在这又滑又湿的鹅卵石小路上走着，军官的一个轿夫不小心滑了一跤。基蒂听到军官大声斥责的声音，轿夫大声地辩解了几句，接着那顶轿子又向前赶路了。街道狭窄曲折。深夜的城市寂静得像是一座死城。他们穿过一条狭窄的胡同，拐了个弯，然后飞快地上了台阶。这时轿夫们已经气喘吁吁，但仍然默默地迈着大步。其中一个轿夫拽出一条破烂的毛巾，边走边擦去从额头流到眼里的汗珠。他们东拐西拐，好像在一座迷宫里绕来绕去。偶尔在紧闭的商店前面能够看见一两个躺着的人形，但无法断定他们是在黎明时会醒来的活人，还是永远都不会醒来的死人。狭窄的街道上空空荡荡，阴森恐怖。有时会突然传来犬吠声，使基蒂正饱受煎熬的神经禁不住一震。她不知道他们在朝哪儿走。这段路似乎特别漫长。他们不能再走快点吗？快点吧，再快点吧。时间在一分一秒地过去，刻不容缓，否则就来不及了。

第六十三章

轿夫们沿着一堵长长的空墙走着，突然来到一个设有哨亭的大门口，稳稳地放下了轿子。沃丁顿急匆匆地朝基蒂的轿子走来，此时基蒂已经跳下了轿子。那位军官用力地拍打着门，嘴里大声喊着。一道边门开了，他们走进了院子。这是一座四四方方的大宅院，一群士兵裹着毯子，贴着墙根躺在屋檐下睡觉。他们停住了脚步，那个军官和一个像是在站岗的士兵说了几句话，然后转过身对沃丁顿说了些什么。

“他还活着，”沃丁顿压低声音对基蒂说道，“当心脚下的路。”

还是由几个提着灯的人带路，他们穿过院子，走上了台阶，而后经过大门，走进了另一个大院子。院子的一侧是长长的厅堂，屋里的灯亮着，灯光透过窗上贴着的宣纸，映衬出窗格上雕镂精美的图案。提灯的人带他们穿过院子，来到了一间房的门外，那军官敲了敲门。门立即开了，军官望了基蒂一眼，然后让到了一边。

“你进去吧。”沃丁顿说。

这是一间又长又矮的屋子，屋内亮着几盏冒着烟的煤油灯，气氛阴森不祥。三四个士兵站在一旁。门对面靠墙处摆着一张小床，床上躺着的人蜷缩在毯子里。一位军官站在床边，纹丝不动。

基蒂急忙走过去，趴在床边。沃尔特双眼紧闭。在昏暗的灯光下，他的脸色显得死白，他躺着一动不动，样子十分恐怖。

“沃尔特，沃尔特。”她低声叫着，声音中充满了恐惧。

沃尔特的身体微微一动，也可能是影子在微微晃动。那动作是如此微弱，宛如一缕感触不到的微风在平静的水面上拂起了细微的涟漪。

“沃尔特，沃尔特，和我说句话啊。”

沃尔特慢慢地睁开双眼，似乎竭尽全力才能撩开那沉重的眼帘。他没有看基蒂，只是盯着离他的脸几英寸的墙壁。他开口了，但是声音很低、很弱，脸上似乎挂着微笑。

“真是糟透了。”他说。

基蒂屏住了呼吸。但他没有再发出声音，身体一动也不动，那双冷漠的黑眼睛直勾勾地盯着那面粉刷得雪白的墙壁（他看到什么神秘的东西了吗？）。基蒂站起身来，面容憔悴地看向站在床边的那个人。

“一定还有办法。你难道就站在那儿什么也不做？”

她紧握双手。沃丁顿对站在床边的那个军官说了几句话。

“恐怕他们已经尽力了。军医一直在治疗你的丈夫，他是你丈夫一手调教出来的，凡是你丈夫教给他的办法都已经用上了。”

“那个人是军医吗？”

“不，他是于上校。他一直在守着你的丈夫。”

基蒂心乱如麻，看了于上校一眼。他身材魁梧壮实，穿的卡其布制服显得不太合身。他正目不转睛地望着沃尔特。基蒂看到上校的眼里含着泪水，心里一阵剧痛。这个长着扁平黄脸的男人为什么流泪？她被激怒了。

“居然什么办法也没有，这真是太没用了。”

“至少他不会再感到痛苦了。”沃丁顿说。

基蒂再次俯身看着她的丈夫。那双吓人的双眼仍呆滞地朝前望着，她不知道他还能不能看见东西，也不清楚他能不能听见她说的话。她将嘴唇凑到他的耳边。

“沃尔特，难道我们就没有别的办法了吗？”

基蒂心想一定还有某种药物能够挽救他垂危的性命。这时她的双眼已经适应了屋内昏暗的光线，她惊恐地发现他的脸已经瘪下去了，几乎认不出来他的模样。短短几个小时，他就像换了一个人一样，这令人难以置信。他看上去已经不成人样，像一具死尸。

她觉得他好像要说些什么，就把耳朵靠近他的嘴边。

“别大惊小怪。我已经熬过了最艰难的时期，现在已经好些了。”

基蒂等了一会儿，但他没再说话了。他一动也不动，这让基蒂心里十分痛苦。他僵直地躺在那儿，似乎已经摆好了躺在棺材里的姿势，这着实让人恐惧。这时一个人走了上来，不知是军医还是入殓师，朝基蒂打了个手势，让她让开一下。他俯下身来，用一块破布润湿了奄奄一息的病人的嘴唇。基蒂再次走近，绝望地看向了沃丁顿。

“一点希望也没有了吗？”她轻声说道。

沃丁顿摇了摇头。

“他还能活多久？”

“谁也说不准。或许一小时吧。”

基蒂环顾这个空荡荡的屋子，然后把目光停留在了于上校那魁梧的身躯上。

“可以让我单独和他待会儿吗？”基蒂问道，“一分钟就行。”

“如果你愿意的话，当然可以。”

沃丁顿走到于上校身边，同他说了几句话。上校点了点头，然后低声下了命令。

“我们会在台阶那儿等候。”大家走出去时沃丁顿说，“有事你喊一声就行。”

基蒂的意识处于混乱当中，难以相信眼前的一切，好像这只是毒液流淌在她的血管里使她产生的幻觉。而后她意识到沃尔特很快就要死了，她只有一个想法，那就是消除他心中的积怨，让他平静地死去。如果他原谅了她，就等同于原谅了他自己，这样他也就能够瞑目了。她全然没有为她自己考虑。

“沃尔特，我恳求你的宽恕。”她俯在丈夫身旁说，她怕他不能承受外力，因此没有触碰他，“我为自己曾做出对不起你的事而感到抱歉。我现在追悔莫及。”

沃尔特没有吭声，似乎没有听到她说的话。她不得不再讲一遍。

她有种奇怪的感觉，此刻沃尔特的灵魂好像变成了一只振翅的飞蛾，翅膀由于满载怨恨而沉重不堪。

“亲爱的。”

他那苍白凹陷的脸孔上掠过了一丝阴影，但面部几乎不动，她惊恐地一阵痉挛。她之前从未这么称呼过他。或许是他行将消亡的意识里闪过了一个混沌难解的念头，使他误以为这不过是她叫小狗、孩子、汽车的口头禅罢了。然后可怕的事发生了，两行眼泪滚下沃尔特那憔悴的脸颊。看到这情形，基蒂紧攥双手，竭尽全力地控制住自己。

“哦，亲爱的，我的宝贝，如果你曾爱过我——我知道你曾爱过我，但我这人太惹人恨了——我乞求你原谅我。现在我已经没有机会向你表明我要改过自新了。可怜可怜我吧。我恳求你的原谅。”

她打住话，屏住呼吸望着他，急切地等待着他的回答。她看到他想说些什么，心脏猛然跳动了一下。如果能在他弥留之际帮他从怨恨中解脱出来，那就能为她给他带来的痛苦稍作补偿了。他的嘴唇动了下，但没有看她，只是出神地盯着那粉刷得雪白的墙壁。她凑过身去以便听清他的话。他讲得十分清晰。

“死的却是那条狗。”

她像石头一样僵住了。她听不明白他的话，惊恐而茫然地凝视着他。他的话毫无意义，不过是神志不清的妄语。看来沃尔特根本没听懂她说的话。

活着的人不可能这么一动不动。基蒂盯着沃尔特。他的眼睛还睁着，基蒂分不清他是否还有气息。这时她害怕起来。

“沃尔特，”基蒂小声叫道，“沃尔特。”

最后她猛地站起身来，一种恐惧感传遍全身。她转身朝门口走去。

“快来人啊，他好像已经……”

他们闯了进来。那个中国军医走到床边，用手电筒照了照沃尔特的眼睛，然后用手阖上他的双眼。他用汉语讲了句什么，随后沃丁顿用胳膊挽住基蒂。

“恐怕他已经走了。”

基蒂深深地叹了一口气，眼泪簌簌地落了下来。与其说她是悲痛，不如说是不知所措。几个中国人束手无策地围在床边，似乎不知道下一步该怎么办。沃丁顿沉默不语。过了一会儿，几个中国人低声地商议了起来。

“还是让我把你送回住处吧。”沃丁顿说道，“他们会把他抬到那儿去。”

基蒂的手无力地抚了下前额，而后走到矮床边，俯身轻轻地吻了吻沃尔特的嘴唇。这时她已不再哭泣了。

“很抱歉这么麻烦你。”

她离开时，军官们向她敬礼，她也庄重地向他们鞠躬回礼。她与沃丁顿穿过院子，上了轿子。她看见沃丁顿点燃了一支香烟，几缕烟雾消失在空中。人的一生也就这样烟消云散了。

第六十四章

天已经破晓，一个中国人忙着搬开商店的挡板，开店做生意了。昏暗的店铺里，一个女人正借着蜡烛的光洗手洗脸。拐角处的一家茶馆里，一伙男人正在吃早点。黎明时分那灰暗、清冷的阳光如同盗贼般鬼鬼祟祟地溜进了狭窄的小巷。河面上笼罩着一层薄雾，拥挤的舢板的桅杆从雾里冒出了尖，看起来像是一支幽灵军队举起的长矛。河面上有些阴冷，基蒂把身子缩成一团，紧裹着那条色彩艳丽的披肩。她跟沃丁顿沿山坡向上走，越过了那层薄雾。太阳已经升起来了，天空万里无云，阳光依然照耀，似乎这一天和往常的日子并没有什么两样。

“你不想躺下歇会儿吗？”进屋时沃丁顿说。

“不。我想在窗边坐一会儿。”

过去几周，她常坐在窗口，每次都坐很长时间。此时，她对那座神秘奇异、绚丽漂亮的庙宇已经非常熟悉了，看着它使她的内心感到平静。即使在正午强烈的阳光下，那座庙宇也显得虚无缥缈，这让基蒂的思绪脱离了现实的世界。

“我叫男仆给你泡点茶。恐怕今早就得安葬沃尔特，一切由我来张罗。”

“谢谢你。”

第六十五章

三个小时后，人们开始安葬沃尔特了。他被装殓在一口中式棺材中，基蒂对此感到震惊不解，认为沃尔特在这种陌生的床上不会得到安息，但也没有别的办法。修女们得知了沃尔特去世的消息（她们对城里发生的事情了如指掌），派人送来了一只大丽菊扎成的十字花篮。花篮扎得很紧很正式，看上去是出自有经验的花匠之手，但是在那具中国棺材上放上十字花篮，显得怪模怪样，很不协调。一切准备妥当之后，大家等待着于上校的到来，因为先前他捎信给沃丁顿说要参加葬礼。最终于上校由一名副官陪同到来。送葬的队伍朝山上走去，六个苦力抬着棺材来到一小块空地上，那儿埋葬着已故的传教士，沃尔特当初就是顶替他来到此地的。沃丁顿在传教士的遗物中找到一本英文祈祷书，低声念起了书上的墓葬祷告词，神情一反常态，显得略微尴尬。或许他在读那些庄严但又令人恐惧的祷告词时，一个想法一直盘旋在脑里：假如轮到他死于这场瘟疫，到时候就没人给他念祷告词了。棺材放进墓穴中后，掘墓人就开始填土了。

于上校光着脑袋站在墓穴的边上，下葬结束后他戴上帽子，庄重地向基蒂敬了个礼，接着对沃丁顿说了几句话，就由副官陪着离开了。几名苦力对基督教仪式的葬礼深感好奇，一直在一旁观看。仪式结束后，他们便三三两两拖着扁担，迈着闲散的步子离开了。基蒂和沃丁顿一直等到坟墓的土填好，然后把修女们送的大丽菊花篮摆到散发着新鲜泥土气息的坟头。基蒂没有哭，但当第一铲土撒到棺材上时，她的心感到一阵剧痛。

她发现沃丁顿正等着她一起回去。

“你急着走吗？”基蒂问道，“我现在还不想回住处。”

“我什么事也没有，完全可以陪着你。”

第六十六章

基蒂和沃丁顿沿着小路漫步到山顶。那座为某位贞洁寡妇立的牌坊就在那里。基蒂对这个地方的印象很大一部分是来自这座牌坊。它是一种象征，但基蒂却琢磨不出它到底象征着什么，也道不清为何它在她眼里具有讽刺意味。

“我们在这儿坐一会儿好吗？很久没来这儿坐坐了。”广阔的平原展现在她眼前，在晨光中显得那么宁静。

“我来这儿只有几个星期，却像过了一辈子。”

沃丁顿没有回答，基蒂任由自己的思绪飘荡，她叹了口气。

“你认为灵魂是不朽的吗？”她问。

沃丁顿似乎并不对这个问题感到惊讶。

“我怎么知道呢？”

“刚才他们在入殓前给沃尔特擦洗时，我望着他，他是那么年轻，却英年早逝。你记得你第一次带我出来散步时见到的那个乞丐吗？我当时很害怕，不是因为他是死人，而是因为他看上去根本就不像个人，仅仅是一具动物的尸体。现在沃尔特像是一台已经被废弃的机器，这才是可怕之处。如果他真是一台机器，那么他所忍受的这些痛苦、悲哀和折磨，就毫无意义了。”

沃丁顿没有回答，他眺望着脚下的风景。在这阳光明媚的早晨望着眼前这风景，令人心旷神怡。一块块小小的稻田整整齐齐地铺展着，望不到边。身着蓝布衣的农民正赶着水牛辛勤地劳作着，真是一派平静温馨的场景。基蒂开口打破了沉寂。

“我不知道如何向你描述，我在修道院的所见所闻给我留下了很深的印象。那些修女太伟大了，相比之下我一文不值。她们放弃了家庭、国家、爱情、孩子与自由，还有许多点点滴滴、对我来说难以割舍的事物，鲜花绿野、秋日漫步、书籍音乐与安逸的生活。她们舍弃了这一切，她们牺牲自我、甘贫乐道、服从命令、不辞劳苦，并在祈祷中度过一生。在她们的眼里，这个世界是个不折不扣的流放之处。她们心甘情愿地背负起生活的十字架，但在内心深处始终怀着一种渴望——比渴望强烈多了，那是一种热望——对能使她们获得永恒生命之死亡的渴求与期盼。”

基蒂握紧了双手，痛苦地望向沃丁顿：“你觉得呢？”

“如果没有永恒的生命呢？想想看，如果死亡就是万物的归宿，那这一切都是无谓的牺牲。她们被骗了，被愚弄了。”

沃丁顿沉思了一会儿，接着说道。

“我不明白。如果她们追求的是子虚乌有之物，我不懂这对她们来说是否重要。她们的生活本是美好的。我认为我们之所以珍惜眼前的生活，对这个世界不感到厌倦，就是因为纵使世界混乱不堪，人们依然能够不断创造出美的事物。在人们创作的绘画、谱写的乐章、撰写的作品以及所过的生活中，美之至极的就是美好的生活。那是完美的艺术杰作。”

基蒂叹了口气，他的话似乎深奥难解，她需要他进一步说明。

“你听过交响乐吗？”沃丁顿问道。

“听过，”基蒂微笑着说，“虽然我对音乐一窍不通，但是很喜欢听。”

“乐队的每个成员只演奏自己的乐器，在乐曲逐渐展开、在空中传播的时候，你认为他们能时刻关注复杂的和声吗？他们关心的只是自己演奏的部分，尽管如此，他们也知道整支乐曲是优美的。即使没有听众在听，整支乐曲依然是优美的。所以他们可以安心地演奏自己的部分。”

“你那天提到了‘道’。”基蒂停了一会儿说，“和我说说吧。”

沃丁顿瞧了她一眼，迟疑了片刻，而后滑稽的脸上露出一丝笑意，答道：

“道也就是路和行路的人。这是一条永恒之路，世间万物行走于其上。但它并非被创造出来的，而是本身就存在的。它包含一切，但又虚无一物。万物由道而生、循道而长，最后又回归于道。它是无棱之行、无声之音、无线之画。道是一张巨大的网，网眼大如海洋，却疏而不漏。道是万物寄居的避难之所，它无迹可寻，但是你探头窗外便可发现它。道教导人清心寡欲，顺其自然。循道能使自谦之人声名远扬，能使弯腰之人挺直胸膛。失败乃成功之母，成功乃失败之隐患。但谁能辨出二者何时交替？力求柔和温顺的人可能会变得像幼童般平和。和善能助人攻必克，守必安。战胜自我者最为强大。”[①]

“这说得有道理吗？”

“有时，当六杯威士忌下了肚，仰望星空时，我觉得这种说法是有道理的。”

两人又都沉默了，最后还是由基蒂开口打破了这沉默。

“告诉我，‘死的却是狗’，这是一句引文吗？”

沃丁顿的嘴角露出一丝微笑，他对回答这个问题早已胸有成竹。但就在这时，他的神经变得异常敏感起来。基蒂没有看他，但沃丁顿看见她的表情后，临时改变了主意。

“即使是引文，我也不知道它的出处。”他机警地回答，“怎么问起这句话来？”

“没什么，只是突然想到了，它听起来有点耳熟。”

又是一阵沉默。

“你单独和你丈夫在一起的时候，”沃丁顿开口说，“我和那军医聊了会儿，我认为我们应该了解一下内情。”

“他怎么说的？”

---

① 原文为《道德经》之英译。回译为古汉语应为“曲则全，枉则直。祸兮，福之所倚；福兮，祸之所伏。孰知其极：其无正也。专气致柔，能如婴儿乎？弱之胜强，柔之胜刚。胜人者有力，自胜者强”。以上几句并非出自《道德经》的某一章节，而是由多个章节关键词句组合所成。

"他当时很激动，我不大明白他的意思。据我所听到的，你丈夫是在做实验过程中感染霍乱的。"

"他一直在做实验。他其实并不是医生，只是个细菌学家，这也是他急着来这儿的原因。"

"军医说的话中，我有一点没听明白——沃尔特究竟是意外感染，还是故意把自己当成实验对象。"

听到这儿，基蒂脸色苍白，浑身颤抖。沃丁顿握住了她的手。

"原谅我旧话重提。"他温和地说，"但我认为这样能使你得到一丝安慰——我知道在这种场合任何劝说都是毫无意义的——沃尔特是为科学献身、以身殉职的，我认为这会给你带来些许安慰。"

基蒂不耐烦地耸了耸肩。

"沃尔特是因为伤心欲绝而死的。"她说。

沃丁顿没有吭声。基蒂转过身来仔细地望着他，她的脸色苍白而凝重。

"沃尔特说的'死的却是狗'是什么意思？有出处吗？"

"出自哥尔德斯密斯[①]写的《挽歌》[②]中的最后一行。"

---

① 哥尔德斯密斯(Oliver Goldsmith, 1730—1774)：英国诗人、剧作家、小说家。

② 《挽歌》（完整名为《疯狗挽歌》，*An Elegy on the Death of a Mad Dog*）：是一首讽刺诗。大意是：一个公认的好人收养了一只狗，狗起初和这个人相处得好像朋友，不料后来却发疯咬伤了主人。众人在气愤之余都觉得这个人必死无疑，但是结果却是咬人的狗死了，被咬的人恢复了健康。

第六十七章

第二天清早，基蒂来到了修道院。开门的女孩看到基蒂时似乎颇感惊讶。基蒂刚工作了一会儿，院长就过来了。她走到基蒂面前，握着她的手。

“我很高兴看到你，亲爱的孩子。你在经受了巨大的悲痛后，这么快就回到我们这里，这显示出了你的勇气与智慧。我相信做点工作能让你不那么郁郁寡欢。”

基蒂垂下了目光，面色微红。她不想让院长看透她内心的想法。

“我们这儿的人都对你表以深切的同情，这点无须我说。”

“谢谢你们。”基蒂小声说。

“我们一直在为你祈祷，为你丈夫的亡灵祈祷。”

基蒂没有应答。院长松开了她的手，而后用冷静威严的口气给基蒂分配各项工作。她摸了摸两三个孩子的脑袋，向她们示以淡然而又迷人的微笑，然后忙更紧要的事情去了。

第六十八章

一周过去了。基蒂正忙着做针线活，这时院长走进屋来，坐到了她身边。她用精明的眼光看了看基蒂做的活。

“你针线活做得挺好，亲爱的。现在能做一手细活的年轻姑娘很罕见了。”

“这要归功于我的母亲。”

“你母亲能再见到你，一定很高兴。”

基蒂抬起了头。从院长说话的样子来看，这不是一句随便的客套话。院长接着说：

“你丈夫去世后，我同意你继续来这里帮忙，是考虑到工作能分散你的注意力，让你不再沉溺于伤感。那时候让你只身长途跋涉回香港是不合适的。同时，我也不愿意你独自待在家里，整天无事可做而陷入失去挚爱的痛苦。但现在这件事已经过去八天了，到你离开的时候了。”

“我不想走，院长。我想留在这儿。”

“没有理由再让你留下来了。当初你随丈夫一同前来，现在你的丈夫已经去世，而且你还怀有身孕，不久就需要有人照料，而你在这里是不可能得到照顾的。亲爱的孩子，你要竭尽全力照顾好上帝赐予你的生命，这是你的责任。”

基蒂沉默了一会儿，低下了头。

“我认为自己在这里对大家有所帮助，想到这一点我就感到非常欣慰。我真心希望您能让我留在这儿，直到这场瘟疫结束。”

“我们很感激你为我们所做的一切，”院长微笑着回答，“现在疫情已经得到控制，再度蔓延的风险已经很小，况且将有两位修女从广东动身到这儿来，她们很快就会赶到，等她们来了后，我想我就很难安排你的工作了。”

基蒂心里一沉。院长的语气显出这件事没有讨价还价的余地。她对这位院长十分了解，即使再三恳求也无济于事。院长认为有必要向基蒂讲清原因，她的语气虽然不算恼怒，但已经带着几分不容置辩的意味。

“沃丁顿想得很周到，已就此事征求过我的意见。”

“我希望他还是先管好自己的事。”基蒂打断她的话说道。

“即使他没有来征求过我的意见，我也认为自己有责任向他告知我的想法。”院长温和地说，“如今你不应该待在这儿，而应回到你母亲身边去。沃丁顿已经和于上校商量好了，会派得力人选护送你，所以你放心，路上绝对安全。沃丁顿已经找好了轿夫与苦力。女仆将随你前去，她会在你经过城市的途中做好衣食住行的安排。事实上，为了你一路顺利，能做的事他们都已经做了。”

基蒂紧闭了双唇。她认为既然事关自己，他们总应该征求她的意见。她不得不克制住自己，免得说出刺耳的话。

“那我什么时候动身呢？”

院长依然十分平和。

“亲爱的孩子，如果你能尽早回到香港而后乘船回英国，那就最好不过了。我们认为你最好后天拂晓就动身。”

“这么快啊？”

基蒂差一点哭出来。不过院长说的是实话，这里不是她的栖身之所。

“你们似乎都急着赶我走啊。”基蒂沮丧地说。

基蒂从院长的表情中察觉出她松了一口气。她看到基蒂打算屈服了，讲话语气便不自觉地变得更和蔼了。基蒂对情绪的感知力很敏锐，她的双眼闪烁着光芒，心想即使是天主教圣徒，也难免会有一意孤行的时候。

“不要认为我们没有领受你的一片好心，亲爱的孩子，正是因为你心怀慈善使得你不愿放弃自愿承担的工作和职责。”

基蒂两眼直视前方，微微地耸了耸肩膀。她明白自己身上没有这些美德，她想留下来是因为无处投奔。这个世上没人关心她的死活，想到这儿真让人心生惆怅。

“我真不明白你为何不愿回家。”院长和蔼地说道，“在这个国家，许多外国人都千方百计地想得到回家的机会。”

“但你们不会这样的，对吗，院长？”

“我们的情况不同，亲爱的孩子。我们来这儿的时候就知道我们和故乡永别了。”

受伤的自尊使基蒂心中萌生出一个念头，也许还带着点恶意：修女们的信仰竟能抵御一切俗世情感的侵袭，她想在这种信仰的盔甲之下找到破绽，看看院长身上是否还残存着任何人性的弱点。

“我有时想，再也见不到自己的亲人和成长的环境，这实在是件痛苦的事。”

院长犹豫了一会儿，基蒂一直注视着她，但是从她那美丽严峻的脸上看不出任何变化。

“对我的母亲来说这很痛苦，因为她已年迈，而我是她唯一的女儿，她盼着在去世之前能见我一面。我也希望能见见她，让她欣慰，但这是不可能的了。我们母女只有到天堂才能相见了。”

“但是说到底，当一个人思念起至爱的亲人时，很难不扪心自问当初离他们而去的决定是否正确。”

“你是在问我，我是否后悔选择了这条路，是不是？”院长瞬间精神焕发、神采奕奕，“不，我从不后悔。我放弃了那种微不足道、毫无价值的生活，选择了自我牺牲和祈祷求安的人生。”

短暂的沉默之后，院长微笑着用更加轻松的语气说：

“我想托你帮我带个包裹，等你到马赛的时候帮我邮寄出去。我不信任邮局。我马上就给你拿过来。”

“你可以明天给我。”基蒂说道。

“亲爱的，你明天肯定很忙，抽不出时间来这了。咱们今晚就道别吧，这对你来说更方便些。”

院长起身离开房间，宽松的修道袍也难以遮掩她的优雅与高贵之气。不一会儿，圣约瑟芙修女走了进来和基蒂道别。她祝愿基蒂旅途愉快，劝她不必为路上的安全担心，因为于上校派了精干的护卫送她回去。以前修女们只身出远门也没出过什么危险。她问基蒂喜欢大海吗。上帝啊，她曾在印度洋上遇到了风暴，饱受晕船之苦。她说基蒂的母亲看到女儿回家一定会很高兴，又叮嘱基蒂要当心身体，因为她正怀着身孕。她说这里的修女们都会为她祈祷，而她本人不仅会为基蒂祈祷，也会为这没出世的小宝贝和那可怜、勇敢的费恩医生祈祷。她滔滔不绝地讲了许久，讲得兴高采烈、情深意切，然而基蒂深深地意识到圣约瑟芙修女所专注的是灵魂的永生，自己不过是个没有躯体的灵魂罢了。基蒂很想抓住这位身材结实、脾气随和的修女的肩膀，用力摇晃几下，对她大喊道：“难道你不知道我是个有血有肉、孤独不幸的人吗？我需要的是同情、安慰与鼓励。你难道就不能暂时抛开上帝，给我点怜悯吗？我要的不是你们基督教徒那对芸芸众生的慈悲博爱，而是对一个有血肉之躯的凡人的同情之心。”想到这里，基蒂不禁微笑了起来：圣约瑟芙修女听到后该有多惊讶！她本就怀疑所有的英国人都是疯子，如此一来，无异于让她坚定这一想法。

“还好，我对坐船还算习惯。”基蒂答道，“我从未晕船过。”

这时院长回来了，手上拿着一个包得很齐整的小包裹。

“这里面是一些手绢，是我为纪念母亲的命名日[①]做的。”院长说道，“名字的首字母是我们的小姑娘绣上去的。”

圣约瑟芙修女说基蒂一定想看看这些漂亮的手工活，院长带着不甚赞同但又宽容理解的笑容解开了包裹。这些手绢的面料是上等细麻布，姓名的首字母是用复杂的花押字绣上去的，字母的上方绣着草莓叶组成的王冠。基蒂对这精美的做工称赞有加。院长把手绢包了起来，交给基蒂。圣约瑟芙修女慨叹了一句：“我的夫人，我得

① 命名日（Name Day）：和本人同名的圣徒纪念日。

走了。”[1]又重复说着那些礼貌却不带个人感情的祝愿，然后离开了。基蒂意识到她该和院长道别了，她感谢院长对她的照顾，两人沿着空荡荡的白色走廊走了出去。

“麻烦你到达马赛后把这个包裹寄出去，方便吗？”院长说。

“我很乐意效劳。”基蒂答道。

她瞥了一眼收件人的姓名和地址。从名字上看似乎是个名门世家，但更吸引她注意的是收件人的地址。

“这是我曾参观过的一座城堡。我在法国与朋友开车去过很多地方。”

“这有可能。”院长答道，“那儿每周开放两天，允许游客参观。”

“我想，如果我生活在那样一个美丽的地方，我绝不会有勇气离开的。”

“诚然，那的确算得上是历史古迹，但对我来说却少有亲切感。要说有什么让人留恋的话，那也应该是我孩童时生活过的那座小城堡。它坐落在比利牛斯山，一个靠近大海的地方，海浪之声不绝于耳，是我的出生之地。我不否认，直到现在我都还想再去听那海浪拍打岩石的声音。”

基蒂心想，院长看透了她的心思，明白了她说这话的用意，于是不着痕迹地和她开着玩笑。这时，她们两人已经走到了修道院那简陋的小门口。让基蒂颇感意外的是，院长竟伸出了双臂抱住她，亲吻她。她用苍白的嘴唇先轻轻吻了基蒂的左颊，然后又吻了右颊。这完全出乎基蒂的意料，她的脸微微一红，感动得差点哭起来。

“再见了，亲爱的孩子，上帝保佑你。”她又拥抱了基蒂一会儿，“记住，一个人尽职尽责是应该的，就像一个人的手脏了就要洗一样不值得夸耀。最重要的是热爱自己的职责，当爱与职责合二为一时，你就有了高贵的精神，你将获得一种无以言表的幸福感。”

修道院的大门最后一次在她身后关上了。

---

① 原文为法语：Eh bien, Madame, je vous quitte。

第六十九章

沃丁顿与基蒂一同朝山上走去，中途绕道去看了沃尔特的坟墓。到了贞节牌坊那儿，沃丁顿向基蒂道了别。她最后一次注视着那牌坊，觉得它那看上去带着神秘气息的讽刺意味恰好与她的遭遇具有的讽刺意味遥相呼应。她钻进了轿子。

旅途漫漫，日复一日。沿途的风光变换不断，基蒂的思绪随之起伏。仅仅几周之前，她曾沿着同一条路朝相反的方向行进。如今眼前所见之景与记忆里的风光重合在一起，就像在看一个立体视镜，增添了些许不同的意味。扛着行李的苦力三人一群，两人一伙，稀稀拉拉地走着，身后一百码还有一个落单的苦力，再往后看，还有两三个落在最后。护送的士兵迈着懒洋洋的步子，这队人每天的行进距离在五到二十英里之间。女仆坐的是二人抬的小轿，基蒂坐的是四人抬的轿子，这自然不是因为她比女仆重，而是因为主仆有别。一路上，他们时而遇到一伙扛着沉重包袱的苦力，排成一行懒散地走着；时而碰到一位坐着轿子的中国官员，用好奇的目光望着这位白人妇女；时而遇到一群身穿褪了色的蓝布褂子的农民，头戴宽大的帽子，赶着去市场；时而碰到一两个中国妇女，有年老的也有年轻的，蹒跚地拖着小脚慢慢地走着。他们翻过了一座座小山，路旁是整齐的小块稻田和隐没在竹林中的农舍。他们经过破败的村落与人口稠密的城市，那些城墙环绕的城市与弥撒书中描绘的古城非常相像。初秋的太阳明媚宜人。若是在黎明，朦胧的晨曦会给稻田披上童话般迷人的色彩。寒气袭人，而随着太阳的升起，宜人的暖意越来越浓。对于这一切，基蒂有种天公赐福之感，因此她尽情享受。

一路上生机盎然的景物色彩淡雅、千姿百态、奇特异常，像是一幅幅挂毯。而基蒂浮想联翩，脑中的各种幻觉像神秘的影子一样，正在挂毯前表演着。这一切似乎都不是真实的。垛墙高耸的梅潭府就像是中国旧戏舞台上用来代表城池的油画布景。修女们、沃丁顿以及爱着他的那位满族女人，像是一出假面舞剧中的奇异角色。而其他的人——弯曲街道上的行人以及那些死去的人——则是剧中跑龙套的角色。当然，这出舞剧以及所有的人物都有某种含义，但究竟是什么意义呢？他们似乎在表演一种宗教仪式中的舞蹈，复杂而又古老，尽管你知道那些复杂的动作具有某种含义，且了解这些含义对你来说至关重要，但你就是看不出线索来，毫无头绪。

基蒂觉得难以置信的是（一位老妇人正在路上走着，她身上的蓝衣在阳光下呈现出天青石的颜色。她的脸上布满了皱纹，像是一副古老的象牙面具。她弯腰驼背，挪动着小脚，拄着长长的黑拐杖），基蒂无法相信自己和沃尔特也参加了这场稀奇古怪、镜花水月似的表演，而且两人都还扮演了重要的角色。她差一点就丢了性命，而他却真的送了命。难道这不是一个笑话？或许这不过是一场梦，她还会突然惊醒，如释重负地叹一口气。这些好像是很久以前，在一个遥远的地方发生的。更奇怪的是，这幕剧似乎是以真实生活为背景，然而剧中的人物却像影子一样毫无真实感。基蒂觉得自己在读一篇故事，令她略感惊讶的是这个故事好像与她毫不相干。她发现之前她那么熟悉的沃尔特的面容，如今却回忆不起来了。

这天晚上他们将抵达西江岸边的那座城市，从那里改乘蒸汽轮船，航行一夜便可到达香港了。

第七十章

沃尔特死时基蒂没有痛哭，起初这让她感到羞愧难当，毕竟这似乎显得太过冷酷无情。就连那位中国军官于上校还眼含泪花呢。丈夫的突然离世让基蒂不知所措。她难以接受的是沃尔特再也不会走进那座平房了，她再也听不到他早晨在苏州浴盆里洗澡的声音了。他曾经是个活生生的人，如今却已命丧黄泉。修女们对她基督教式的淡然啧啧称赞，对她忍受丧夫之痛的勇气钦佩有加。不过沃丁顿却很精明，尽管他一番吊唁慰问，但是基蒂总觉得他——应该怎么说呢？——话里有话，言不由衷。沃尔特之死确实让她为之震惊。她不想他死，可是话说回来，她并不爱他，也从未爱过他。因此她表现出适当的悲恸，表面上总算得体。倘若被他人看透了内心，那就太难堪、太不近人情了。她一路走来历经了太多苦痛，已经不愿再装模作样了。至少这几周以来，她已经懂得了一个道理：如果说蒙骗他人有时是迫不得已的话，那么蒙骗自己则在任何时候都是卑鄙可憎的。她为沃尔特死得这么惨而难过，但这只是最普通的悲伤而已，就像一位熟人去世了这种感觉。她承认沃尔特有许多令人倾慕的品质，但是她不爱他，他总是令她生厌。她并不会承认沃尔特之死让她如释重负。她可以坦诚地说，假如说一句话能让沃尔特起死回生，那么她一定会心甘情愿地说出那句话。但是她不得不承认沃尔特之死让她有一丝轻松自在。他们在一起是绝对不会幸福的，但要分道扬镳却又相当困难。自己竟然有这种情感，这让她感到震惊。她想如果人们知道她的心思，准会认为她冷酷无情。谢天谢地，好在他们不会知道了。她怀疑其他人内心深处是否也有这种羞于见人的秘密，得时时提防他人的好奇与窥探。

基蒂没有考虑过今后怎么办，也没做任何打算。她唯一确定的事情就是在香港作短暂停留。她盼望着尽快抵达香港，但又满怀恐惧。在内心深处，她很想坐着她的藤椅，漫游在那片笑脸相迎、友好亲切的土地上，永远冷静地观察变幻无常的生活，另觅栖身之处，度过每个漫漫长夜，然而迫在眉睫的事还是得面对。抵达香港后，她得先入住旅馆，变卖原先住的那套房子和里面的家具。没有必要再与汤森见面。为了保持体面，他会避而不见的。尽管如此，她还是想和他见上一面，当面告诉他：他骨子里就是个卑鄙小人。

可是这么做，又能把他怎么样呢？

正如同竖琴奏出欢快跳跃的琶音，交织在一曲复杂而又和谐的交响乐中一样，有一个念头一直敲击着她的心头。正是这个念头，赋予那些稻田以异域风情之美；当一个毛头小伙子兴高采烈地坐着马车进城赶集，从她身旁一闪而过，大胆放肆地瞄了她一眼时，正是这个念头，使她那苍白的嘴唇露出了一丝微笑；正是这个念头，使她一路上经过的许多城市那喧闹的生活具有了无穷的魔力。那座霍乱横行之城犹如一处牢笼，而她已经成功逃脱。从前她从不知道天空如此湛蓝，穿行在婀娜多姿、疏影横斜的竹林中，竟会让人如此心旷神怡。自由！正是这个念头在她心头高歌。尽管前途仍黯淡不明，这个念头却光芒四射，如同清晨的阳光驱散了河面上的雾霭。自由！她不仅仅是从苦闷的婚姻生活中重获了自由，也摆脱了令人压抑的伴侣关系。她从死亡的威胁中重获了自由，也因挣脱了致人沉沦堕落的婚外恋的束缚而重获自由。这是摆脱一切精神枷锁后获得的自由，也是脱离了躯体的灵魂的自由。有了这自由，她就勇气倍增，今后无论发生什么，她都能从容面对。

第七十一章

当船在香港码头停靠后，基蒂走到甲板上，眺望着河上那五彩缤纷、来往穿梭的小船，然后回到船舱，检查了一下女仆是否落了东西。她对着镜子照了照。她身着黑衣——修女们替她染成了黑色——但并非为了服丧。她突然想到当前最要紧是要注意衣着，因为一身丧服能够巧妙地掩盖她正无意中流露的内心情感。这时有人敲了敲舱门，女仆把门打开了。

"费恩太太。"

基蒂转过身来，看到来客的脸后，一时间没认出这人。接着她觉得心跳怦然加速，脸红了起来。这个人竟然是多萝西·汤森。基蒂万万没料到会见到她，一时间手足无措，也不知道该说什么好。汤森太太却走进船舱，激动地伸出双臂拥抱基蒂。

"哦，亲爱的，亲爱的，我为你的不幸感到悲痛。"

基蒂任由她亲吻自己的脸颊。她一向认为这个女人冷漠、不近人情，现在竟然如此热情洋溢，她着实为之惊讶。

"太感谢你了。"基蒂低语道。

"到甲板上来吧。女仆会帮你照看行李的，我家的男仆也过来帮忙了。"

她拉住基蒂的手，基蒂也任由她领着自己到甲板上去，她看到她那和蔼可亲、饱经沧桑的脸上写满了关切的神情。

"你乘的这班船提早到了，我差一点没赶上。"汤森太太说，"要是接不到你，我就无法原谅自己了。"

"你不会是专程来接我的吧？"基蒂惊讶地叫道。

“当然是喽。”

“你怎么知道我会来这里呢？”

“沃丁顿给我发了电报。”

听到这话，基蒂转过身去，感到如鲠在喉。可笑的是，这一始料未及的善举竟让她如此感动。可她不想哭泣，她真希望多萝西·汤森能够走开。可是她握起了她的手，轻轻地摩挲着。让基蒂尴尬的是，这个腼腆的女人竟然表现得如此情真意切。

“我希望你能答应我一件事，我和查利都希望你在香港的这段时间住在我们家。”

基蒂听到这话，连忙抽回了手。

“感谢你们的好意，恕我不能从命。”

“请你务必答应。总不能让你一个人住原先那套房子吧，那实在太孤独了。我已经都安排好啦，你有单独的一间起居室。要是你不愿意和我们一起吃饭，你就一个人在房间里吃。我们都希望你能答应。”

“我本来也没打算住回原来的那套房子，我是想在香港酒店订个房间。我不能给你们添麻烦。”

多萝西的邀请完全出乎基蒂的意料，她既困惑也有些恼怒。她想，如果查利还知道廉耻的话，就不会让他的妻子来邀请她。她根本不想欠他们俩任何情分。

“我怎能让你住旅馆呢。眼下要是住进香港酒店，一定会让你厌恶的。里面闲杂人多，爵士乐一天到晚吵个不停。就请你答应下来，到我们那住儿吧。我向你保证我和查利都不会打扰你。”

“我不知道你们为什么要对我这么好。”基蒂找不到推辞的理由，很难直接明确拒绝，“在目前的情况下，恐怕我不适合和陌生人住在一起。”

“我们可不能算是陌生人吧？哦，我们早就认识了，我很想和你成为朋友呢。”多萝西双手握在一起，眼睛湿润，嗓音颤抖起来，没有了原先的冷静、从容与优雅，“我真希望你能答应，我还想借这个机会补偿你呢。”

基蒂摸不着头脑，不知道查利的妻子要补偿自己什么。

“起初我不大喜欢你，是因为我觉得你有点放荡。说实话，我的思想太老派保守了，有时候我自己也不能容忍。”

基蒂瞟了她一眼，多萝西的意思是当初她觉得基蒂太粗鄙了。基蒂心里想着这些，脸上不动声色，反倒哈哈一笑。事到如今，她一点也不在乎别人怎么看她了。

“当我听说你毫不犹豫地随丈夫冒险闯入了生死险地，我真是自惭形秽、羞愧难当。你勇敢无畏，真了不起。你让我们所有人都觉得自己平庸无能、毫无价值。”泪珠从她那亲切朴素的脸上流了下来，“你不知道我有多么羡慕和敬佩你。当然，我知道自己无论做什么也补偿不了你痛失亲人的悲伤，但是我想让你感受到我真心实意的同情。哪怕你允许我为你做一丁点的事，我也会很荣幸。以前我对你的看法失之偏颇，你别放在心上。你是个英雄，而我只是个无知的女人罢了。”

基蒂低头看着甲板，脸色苍白。她希望多萝西不要这样失控地流露情感。基蒂的确深受感动，但她也不由自主地心生厌烦。这个女人头脑简单，竟然完全相信别人说的那些谎话。

“你们如此盛情，那我就恭敬不如从命了。”她叹了一声。

第七十二章

汤森夫妇住在太平山顶的一所视野极佳的房子里，在那儿可以俯瞰海景。查利很少回来吃午饭，但在基蒂到达的那天，多萝西（现在基蒂和她已经亲热地直呼对方的名字）对基蒂说，如果她愿意见见查利的话，他很愿意过来向她的到来表示欢迎。基蒂心想，既然免不了要见他，那还是早点儿见更好。她怀着幸灾乐祸的心情，期待着这一刻的到来，想看看他狼狈不堪的窘态。她完全猜得出邀请她来住是汤森太太的突发奇想，他本人尽管心不甘情不愿，但还是毫不迟疑地答应了。基蒂知道他在待人接物时总希望给人留下礼数周全的印象——这一回，热情洋溢地欢迎她的到来显然是得体的。但是汤森还不至于无耻到忘记他们最后一次见面时不欢而散的情形。对汤森这样虚荣心极强的人来说，那件事就如同一个永不愈合的脓疮，定会使他烦恼不止、心生怨恨。基蒂希望那次会面给汤森造成了深深的伤害，就像他曾经无情地伤害过她一样。现在他必定还在恨她。一想到自己对他只有鄙视，没有怨恨，基蒂心情大好。无论他对自己抱着何种态度，他都不得不热情待客。想到这些，她既心满意足，又觉得讽刺无比。那天下午她从汤森的办公室离开后，他必定认为这辈子再也不会见到她了。

此刻基蒂和多萝西坐在一起，等着汤森回家。她觉得这间起居室华而不奢，心中甚是欢喜。她坐在一把扶手椅上，客厅里四处摆着可爱的鲜花，墙上挂着令人赏心悦目的画作，房间里凉爽舒适、亲切宜人。她忽然想起传教士家里那空荡荡的会客厅，身子不禁微微颤抖。那座平房里只有一张铺着桌布的桌子，几把藤椅，又脏又旧的书架上摆着几本廉价版的小说，短小的红色窗帘积满了灰尘。哦，那种环境真是难言舒适。多萝西大约怎么也想不到世上竟然还会有那样的客厅吧。

她们听到汽车驶近的声音。不一会儿，查利迈着大步走进了房间。

“我没有迟到吧？怕是让你们久等了。总督刚才召我见面，我实在脱不开身。”

他走到基蒂面前，握住她的双手。

“我非常高兴你能来这儿。我想多萝西已和你说过了，你就把这儿当作自己的家，想住多久就住多久。不过我还是要把这话亲口对你说一遍：如果你需要帮忙的话，我很乐意效劳。”他的眼里带着真诚，看起来十分迷人（基蒂想知道他是否看出了自己眼里的嘲讽），“我这人拙嘴笨腮，不善言辞，当然我也不想成为笨嘴笨舌的大傻瓜，但我还是想让你知道我对你丈夫的去世深表同情。他是个众所周知的好人，这儿的每个人都非常怀念他，这个就不用我说了。”

“别说了，查利。”他的妻子说，“我想基蒂能够明白……鸡尾酒端上来了。”

按照在华外国人的奢侈习俗，两个身着制服的男仆端着餐前开胃菜和鸡尾酒进来了。基蒂拒绝了。

“哦，你一定得来一杯。”汤森热情轻松地劝着，“喝点酒对你有好处。我敢肯定自打你离开香港后，准没喝过鸡尾酒这样的东西了吧。如果我没猜错，你在梅潭府连冰块都搞不到。”

“你说对了。”基蒂答道。

刹那间，她的脑海里浮现出那位乞丐的身影：他头发蓬乱，衣衫破烂，骨瘦如柴，身子紧贴着墙根，人已死去多时。

第七十三章

他们三人共进午餐。查利坐在餐桌上座，灵活地引导着话题。他只在一开始讲了几句同情话，似乎基蒂并不是正在忍受丧夫之痛的寡妇，而是刚在上海动过阑尾炎手术，前来调养的客人。他知道基蒂需要欢乐，而他也就竭尽所能地逗她开心。让基蒂感到无拘无束的最好办法就是把她当作家庭的一员。他可是个老于世故的人。他介绍秋季赛马的情况，接着谈到了马球比赛——天哪，如果他不能减轻体重，那就打不了马球了——另外还聊起了他早上和总督谈话的内容。他又谈到在海军总司令的旗舰上举办的舞会，还介绍了广州的政局和庐山的高尔夫球场。没过几分钟，基蒂就觉得她似乎不过是周末离开了香港几天而已，一切还是那么的熟悉。令人难以置信的是，远在六百英里之外（相当于伦敦到爱丁堡的距离，对吧？）的人们正像苍蝇一样纷纷死去。没过多久，她就发现自己开始问东问西了：是谁在马球比赛中摔断了锁骨，这人的太太是否回国了，那位太太是否参加了网球锦标赛。查利讲了些笑话，她听后也笑了起来。多萝西带着一种优越感（这种优越感也感染了基蒂，因此它不再使人讨厌，反而成为联结两人的纽带），对这里的各色人物嘲讽不已。基蒂渐渐活跃了起来。

“瞧，她看起来好多了。”查利指着基蒂对妻子说，“午饭前她面色苍白，我看了都大吃一惊。这会儿她的面颊已经有点血色了。”

在交谈中，基蒂的脸上丝毫没有兴奋的神情（因为她知道如果这么做的话，无论是多萝西还是注重体面的查利都不会认同），但至少兴致勃勃。基蒂偷眼观察着男主人。在过去的几周里，她一直想着报复他，因此在脑中勾画出了一副鲜明的形象：他浓密的卷发已经过长，梳理得过于齐整；为了遮掩已经变白的头发，涂了一层厚厚的头油；他的脸色通红，脸上可看出淡紫色的网状血管；他的下颌肥大，如果他没有抬头掩饰，就可以看见他明显的双下巴；那浓密的灰白眉毛有点像猿猴的眉毛，令人恶心；他行动迟缓，尽管注重饮食，经常参加运动，但还是日益发福；他看起来膘肥肉壮，骨关节已经像中年人那样僵硬；虽有漂亮衣服在身，但是对他来说尺码偏小，与年龄不相称。

然而，当他午饭前进到客厅里时，她却吃惊不已（这或许是基蒂脸色苍白的原因吧），因为她发现前不久自己的想象完全是自欺欺人，查利丝毫不像自己想象的那个样子。她忍不住嘲笑起自己。他的头发压根没有变白，哦，只是鬓角上有几根白发，但并不显眼；他的面孔并非通红，而是被太阳晒得黝黑；他的脑袋端端正正地长在脖子上；他既没有发福也不显老态，身材倒很健美——你总不能因为他对此有几分得意就责备他吧——简直是位小伙子。当然了，他衣着讲究，整个人看起来干净得体，这是不容否认的。究竟是什么让她之前鬼使神差地把查利想成那副模样呢？他仍旧是个风流倜傥的男子。好在她已经清楚这个人金玉其外，败絮其中。当然，她一直都不否认他的嗓音魅力非凡，与她记忆中的声音完全一样，但这只会让他的那些谎话更使人恼怒；他醇厚的嗓音、温情的语调如今在她听来是那么虚伪做作，她真不明白自己当初怎么会上了他的当。他的双眼十分漂亮，这也正是他的魅力所在。蓝色的眼睛泛着温和的亮光，即便他在信口胡诌，那种神采也令人身心愉悦，不为其所动几乎是不可能的。

最后，咖啡端上来了。查利点燃了一根方头雪茄烟，他看了看表，从桌旁站了起来。

“我得走了，你们两位年轻女士自便。我该回办公室了。”他停了一会儿，接着用友好迷人的目光望着基蒂，对她说，“今后几天，你好好休息，我就不打搅了。等你休息够了，我有件正事要和你谈谈。”

“和我谈谈？”

“我们得处理你的房子，还有那些家具。”

“哦，我可以请个律师，我没有理由再麻烦你来处理这些。”

“请打消这个念头，我绝不会让你把钱浪费在请律师上，一切由我来操办。你知道吗，你有资格领取抚恤金，这件事我要和总督阁下谈谈，看怎样向有关方面陈情申请，尽量帮你多争取一些。你就别插手了，一切由我做主。不过这一两天内你不要考虑这些，当前我们只希望你把身体养好。多萝西，我这样说对吧？”

“合情合理。”

他朝基蒂点点头，走过妻子身边时，牵起她的手吻了吻。大多数英国男人在亲吻女人的手时，总显得有些呆笨，但查利却做得十分潇洒优雅。

第七十四章

基蒂在汤森家安顿下来之后，发现自己的确疲惫极了。这里的生活舒适便利，反倒让她有点不太习惯，不过也消除了她此前一直压抑着的紧张感。在这儿之前，她已经忘记了悠闲舒适的生活能使人多么愉快，忘记了美好的环境会令人的心情多么舒畅，忘记了受到众人的关注是多么的惬意。她宽慰地舒了一口气，尽情享受着奢华的东方生活。人们对她的遭遇表示同情，说话时总是谨慎有加、彬彬有礼，这种感觉确实不坏。她新近丧夫，因此人们不可能为她安排娱乐活动，但是这里的贵妇们（如总督夫人、舰队司令和首席法官的夫人们）都来找她喝茶，默默地表示慰问。总督太太说总督很想见见基蒂，还说如果她能去总督府吃顿饭（“当然不会以宴会的形式，参加的只有我们几人和一些副官夫人。”），那就更好了。那些太太似乎把基蒂当成了一件名贵瓷器，唯恐摔坏碰碎。基蒂也能看出她们把她视为一位年轻的女英雄。她心里觉得有趣，就顺水推舟，谨慎低调地扮演着这一角色。有时候她觉得要是沃丁顿在这就更好玩了，因为他很机灵，看得出这种场面的可笑，之后当他俩单独在一起时，准会对这一切放声大笑一番。多萝西收到过沃丁顿的一封来信，他谈到了基蒂在修道院忘我工作的方方面面，也提到了基蒂勇气可嘉，面对亲人的故去能自持克制。当然了，他是在愚弄大伙儿。这个卑鄙的坏蛋！

第七十五章

基蒂发现，到这里之后还没有与查利单独相处过，她不知道这是纯属偶然还是特意安排。她清楚查利老练圆滑，至今待她仍亲切如故、富有同情心、热情和蔼。谁也猜不到他们的关系早已突破了熟人之间应有的界限。直到有一天下午，基蒂正躺在房外的沙发上看书，查利经过走廊，在她身边停住了。

“你在读什么呢？”他问道。

“一本书。”

基蒂神情讥讽地望着他，他却微微地笑着。

“多萝西到总督府去参加游园会了。”

“我知道。你怎么没去呢？”

“我对那个没兴趣，想着还是回来陪陪你吧。汽车停在外头，你愿意和我去岛上兜兜风吗？”

“不了，谢谢。”

他坐在她躺着的沙发的一角上。

“你到这儿后我们还没机会单独说说话呢。”

基蒂冷漠而傲慢地直视他的眼睛。

“你认为我们之间还有话可说吗？”

“多着呢。”

她挪了一下脚，免得碰着他的身体。

“你还在生我的气吗？”他微笑着说，眼里充满了柔情。

“一点也不。”她大笑道。

“你要是真不生我的气的话，就不会这样大笑了。”

“你想错了，我鄙视你，压根儿犯不着生你的气。”

他依旧泰然自若。

“我觉得你对我太苛刻了。心平气和地回想一下，诚然地说，你认为我的观点有错吗？”

“那只是你的观点。”

“现在你也了解了多萝西，你总该承认她挺不错的吧。”

“那当然，我永远感谢她对我的照顾。”

“她是百里挑一的人物。如果我当时和你一起逃走了，我将一刻也不得安宁。那样捉弄她实在是太没良心了。退一步说，我还得考虑我的孩子们，那样做对他们的成长太不利了。”

基蒂若有所思地盯着他，她觉得自己已经完全掌控住了局势。

“我到这一个星期了，其间我一直在仔细地观察你。我得出的结论是你是真心喜欢多萝西，这是我从未想到的。”

“之前我对你提过我喜欢她，因此我不愿做任何让她心神不宁的事。得妻如此，夫复何求？”

“但是你对她并不忠诚，你没有想过这一点吗？”

“她眼不见心不烦。”他微笑着说。

基蒂耸了耸肩膀。

“卑鄙小人。”

“我也是个人。我真不明白，难道只因为我当初被你迷得神魂颠倒，你就认定我是个卑鄙小人？说实在的，我实在情难自已。”

听到这番话，她感觉心弦被微微拨动了一下。“是我咎由自取。”她挖苦地答道。

“我实在没预想到我们会落到这般尴尬的地步。”

“无论是什么情况，你都能精明地算计，别人的死活你都可以不管，只要自己不受苦就行。”

“我想你这话有点过分了。毕竟现在一切都已经过去了。你总该看得出我那么做是为咱们双方都好。当时你失去了理智，你应该庆幸我还没有昏了头。假如我照你说的去做了，你认为我们就能成功吗？

我们固然在热锅里饱受煎熬，但避免了掉进火坑里的更糟糕的情况。现在你也毫发无伤，那么为什么我们不能亲吻，成为朋友呢？”

基蒂差点大笑起来。

“你当初毫不内疚地把我推入了九死一生的险境，你别以为我会忘了这事。”

“真是胡扯！我那时已经对你说过，只要采取合理的防范措施，是不会有危险的。要是我对这没有完全的把握，你觉得我会让你去？”

“那不过是你自己想当然。你就是个自私自利的怯懦小人。”

“事实是最好的证明。你安全地回来了。如果你不介意，我说句不中听的话，你这次回来比以前更漂亮了。”

“那沃尔特呢？”

查利突然想到一句不正经的玩笑话，他忍不住笑了起来。

“黑色丧服虽在身，楚楚可怜更动人。”

基蒂盯着他看了一会儿，紧接着泪水夺眶而出，她哭了起来。她那漂亮的脸蛋因为悲痛而扭曲了。她不想掩饰，向后靠在沙发上，两手垂在身边。

“看在上帝的分上，别哭了。我并不是有意说出让你伤心的话，那只是一句玩笑话罢了。你知道我对你失去丈夫深表同情。”

“闭上你那张愚蠢的臭嘴。”

“要是沃尔特能死而复生，我愿意不惜代价。”

“他是因为你和我才死的。”

查利握住了她的手，她连忙抽了出来。

“你走开。”她抽泣着说，“这是你现在唯一能为我做的事。我痛恨你，也鄙视你，沃尔特比你好十倍。我真是太蠢了，之前居然没看出来。你滚吧，滚开吧。”

基蒂看到他又要讲什么，便从沙发上跳了起来，回到了自己的房间。他跟着她进了房间，出于一种本能的谨慎，进屋后他就随手拉下了百叶窗，屋里几乎一片漆黑。

“我不能就这样走了。”他说着用胳膊搂住了她，“你知道我不是有意伤害你的。”

“别碰我。看在上帝的分上，离我远点吧。”

她挣扎着想脱出身来，但是他不放手。她歇斯底里地哭了起来。

“亲爱的，你知道我一直爱着你。”他的嗓音低沉动人，“我比以往更爱你。”

“鬼才信你的谎话呢。放开我，混账，放开我。”

“别对我这么无情，基蒂。我知道之前对你太残忍了，请原谅我。”

基蒂浑身颤抖，啜泣不止，想从他的怀里挣脱开来。但他紧紧地搂着她，基蒂居然奇异般地有一种慰藉感的舒服。之前她多么希望他的双臂能够再一次搂着她啊，即使只搂一次也好。此时她全身颤抖，四肢无力，骨头酥软得像融化了。她刚刚因沃尔特去世而产生的悲痛已转变成自怜自悯了。

“当初你怎么能对我那么无情？”她抽泣着说，“难道你看不出我一心一意地爱着你吗？没人比我更爱你。”

“亲爱的。”

他试图亲吻她。

“不，不！”她哭叫道。

他想亲吻她的脸，但她连忙将头扭向一旁。他又想亲她的唇，她听不清他在说着什么时断时续、欲望洋溢的甜言蜜语。他的双臂紧紧地搂着她，她觉得自己像是个走失的孩子，现在终于安全地回到了家。她轻轻地呻吟着，双眼紧闭，脸上挂满了泪水。接着，他吻上了她的嘴唇，欲火迅速传遍她全身。这快感令人如痴如醉，她意乱神迷，宛若脱胎换骨。她曾在梦中无数次领略过这种销魂的快感。他现在想要和她做什么呢？她不知道。此时她已经不是个女人，她整个人已不复存在，剩下的只是欲望的化身罢了。他抱起了她，在他的怀抱里她轻若无物，她绝望而又温顺地依偎在他的胸前。她的头陷到了枕头里，他的嘴唇紧紧地吻着她……

第七十六章

基蒂坐在床沿，双手捂着脸。

“你要来杯水吗？”

她摇了摇头。查利走到盥洗台，用刷牙的杯子给她接了一杯水，递到她面前。

“喝点水吧，你会感觉好些。”

他把杯子凑到基蒂唇边，她喝了两口，然后用惊惧的眼神盯着他。他站在她的跟前，俯视着她，眼里闪烁着得意的神色。

“你现在还和之前一样认为我是个卑鄙小人吗？”查利问道。基蒂低下了头。

“是，但我知道自己并不比你好。哦，我真是太可耻了。”

“你还真是不领情。”

“现在你可以走了吗？”

“说实话，我也觉得该走了。我得赶在多萝西回来之前梳理干净。”

查利扬扬得意地迈着轻快的步伐走出了房间。

基蒂像傻子一样弓着背坐在床沿。她脑子里一片空白，全身颤抖着。她站起身来，蹒跚着走到梳妆台前，一屁股坐到了椅子上。她对着镜子照了照，双眼红肿含泪，脸上沾满了泪痕，面颊上还有一块红迹，那是他的脸蹭过来时留下的。她惊恐地望着镜中的自己，还是那张脸。对此她早有预料，不知道堕落还会带来什么变化。

“下贱！”她对着镜中的自己破口大骂，“真是下贱！”

接着她又把脸埋在臂弯里，痛苦地哭了起来。可耻啊，可耻！她不知道自己刚才怎么会鬼迷心窍。那太可怕了。她恨他，同样也恨她自己。刚才那一阵狂欢，啊，真是可憎可恶！她再也无法面对他，他完全有理由为自己辩护了。查利不和她结婚是对的，因为她一文不值。她比妓女好不到哪里去。哦，她比娼妓更坏，因为那些女人是为了温饱而卖身的。在她极度悲痛、孤苦伶仃的情况下，多萝西将她接到了自己家里来，可她却干出了这样的丑事。她的双肩因为抽泣而晃动。一切都完了。她以为自己已经变了，以为自己意志变得坚强了，回到香港后会变成一个冷静自制的女人。当时一个个设想掠过她脑海，如同黄色小蝴蝶在阳光下飞舞。她对未来充满了憧憬，自由的曙光已向她招手，世界就像个广阔的平原任由她昂首挺胸地轻盈漫步。她原以为自己已经摆脱了欲望和其他邪恶情感的束缚，能够在纯洁健康的精神生活中自由徜徉。她曾把自己比作黄昏时在稻田上空徐徐飞翔的白鹭，它们就像安宁的灵魂里翩翩翱翔的思绪。然而，她最终还是沦为了欲望的奴隶。软弱啊，软弱！现在一切都毫无希望了，再去空想也毫无益处，她压根儿就是个荡妇。

她不想下去吃饭。她叫男仆告诉多萝西她头疼，不想出屋了。多萝西进来看她，发现她的眼睛又红又肿，便和蔼而又深表同情地与她聊了一些家常事。基蒂知道多萝西一定是以为她因为思念沃尔特才又哭了，所以展现出贤妻良母的本性，对基蒂自然流露的悲痛表示同情与尊重。

“我知道这对你来说很难，亲爱的。”她离开房间时说道，“但你必须鼓起勇气来，我想你亲爱的丈夫一定不想你因他而悲伤。”

第七十七章

第二天基蒂一早就起了床，留下一张便条给多萝西，说她要出去办事，然后便乘着有轨电车下了山。街道上车水马龙，汽车、黄包车、轿子，欧洲人、中国人在街上熙来攘往。最后，基蒂来到了半岛东方轮船公司的售票处，得知从本港开出的最早一班船在两天后起航。她打定主意，无论如何都要乘上这班船。当售票员告诉她票已经售罄时，基蒂要求见见票务主管。她报上了自己的姓名，那位曾与她有过一面之缘的票务主管走了出来，把她迎进了办公室。他已经知道了基蒂的处境，当她表明来意后，他叫人拿来乘客名单，然后盯着名单，面露难色。

“我恳求您帮我这个忙。”基蒂催促道。

“在这里，没人不愿意为您效劳，费恩太太。”他回答道。

他派人叫来售票员，接着询问了一些情况，然后点了点头。

“我将调换一两个人的舱位，我知道您急着回国，我们理应尽力满足您的要求。我为您单独安排了一个客舱，希望您会喜欢。”

基蒂向他表示感谢，然后心情愉悦地离开了。远走高飞，这是她唯一的想法。她给父亲发了封电报说她即将启程回国。此前她已经给父亲发过一封电报，告知沃尔特不幸去世的消息。接着她回到了汤森家，把目前的安排告诉了多萝西。

“你离开后，大家一定会感到非常难过的。”这位善良的女人说，“但是你想回到父母身边去，这我完全能够理解。”

自从回到香港后，基蒂总是一拖再拖，不愿意回自己之前住的那套房子。她害怕再走进房内，害怕那些熟悉的场景会让她触景伤情。然而，现在她别无选择了。汤森已经卖掉了房内的家具，还找到了一位急需租房的租客。但是那里面还放着她和沃尔特的全部衣物，因为他们之前去梅潭府时几乎没带任何东西。此外，还有书籍、照片和一些零星物品需要处理。

基蒂对这些物品都抱着无所谓的态度，急着想和过去的一切一刀两断。她清楚如果她把那些东西一股脑儿地都送到拍卖行去，定会激怒敏感的当局。得把它们打包托运回国。所以午饭过后，基蒂就准备去那所房子。多萝西很想帮她，提议陪她一起去。基蒂一再婉拒，坚持独自前往，但同意让多萝西的两个男仆前去帮忙打包。

那房子一直由管家照料，他为基蒂开了门。走进自己的房子，基蒂却感到很陌生，似乎自己是个外人。房子收拾得整齐干净，井井有条，所有的家具随时都能用。天气暖和，阳光明媚，这套安静的房子却笼罩着一层阴冷凄凉的气氛。家具仍呆板地摆放在原处，原来插满鲜花的花瓶也还放在原先的位置。基蒂之前翻开的那本书——她记不清是什么时候翻开的——依然面朝下放着。这座房子似乎在一分钟前才人去楼空，然而这一分钟却意味着永久，使人想不到何时能在这房子再次听到欢声笑语。钢琴上铺展开的狐步舞曲的乐谱似乎等着人去演奏，可她却有种感觉，就算按下琴键也听不到任何声音。沃尔特的房间整洁如初，橱柜上摆着两张基蒂的照片，一张是她穿着舞会礼服拍的，另一张则穿着婚礼礼服。

男仆们从储藏室里搬出大大小小的箱子，基蒂站在一旁看着他们打包，他们干活很麻利。基蒂心想，这两天一定能把东西都处理好。这段时间绝不能胡思乱想，眼下她也无暇多想。突然她听到身后传来一阵脚步声，转身一看，是查利·汤森。她的心里涌起一阵寒意。

“你来干什么？”她问。

“你到起居室来一下好吗？我想和你谈件事。”

“我正忙着呢。”

“就五分钟。”

基蒂没再说什么，吩咐仆人们继续干活，然后领着查利来到了隔壁的房间。她没有坐下，好让他明白赶紧把话说完就走。她清楚自己的脸色苍白，心怦怦直跳，但她冷漠地与他面对面站着，眼里饱含敌意。

“你有什么事？”

“我刚听多萝西说你后天要离开这儿。她还告诉我你到这儿整理东西，并叫我打电话给你，看我能不能帮上忙。”

“盛情心领了，不过我一个人能应付。”

“我猜也是。我来这儿不是要问你这个。我想知道你突然要走是不是因为昨天的事？”

“你和多萝西都待我很好。我不希望让你们觉得我在利用你们的善良，老是赖着不走。”

“你还没直接回答我的问题。”

“你这么在乎这个问题？”

“这对我来说很重要。我不希望是自己做了什么事把你逼走的。”

基蒂站在桌子旁，她垂下了目光，看见桌上放着一份《简报》。那是数月前的一张旧报纸，那个可怕的夜晚沃尔特一直盯着它看，可现在沃尔特却……她抬起了头。

“我觉得自己已经完全堕落了。我对自己无比鄙视，比你鄙视我的程度更甚。”

“但我没有鄙视你。我昨天说的每一句话都是真的。你这样一走了之又有什么好处呢？我不知道为什么我们做不了好朋友。你总是认为我待你薄情寡义，我讨厌这样的观点。”

“难道你就不能让我清静一会儿吗？”

“真该死。人非草木，孰能无情？你这么看问题真是太不讲道理了。我原本以为从昨天开始你会对我好点呢。不管怎么说，我们都是人啊。”

“我并不觉得自己是个人，倒觉得自己是个畜生，就像一头猪、一只兔子或者一条狗。哦，我不责怪你，我也很无耻。当时我对你半推半就是因为我需要你，但那并不是真正的我。我不是一个可憎可恶、卑鄙无耻、水性杨花的女人。我的丈夫尸骨未寒，你的妻子对我宽厚亲切，而那个躺在那张床上和你淫乱寻欢的女人绝非真正的我，而是藏在我身体里的野兽，如同魔鬼般邪恶可怕的野兽。我痛恨它、憎恶它、鄙视它。从此之后，每当我想起它都会恶心欲呕。”

他微微地皱了皱眉头，不自在地笑了一下。

“我算是宽容大量的了，可你有时说出的话实在令我震惊。”

“对此我很抱歉。你最好早点儿离开这儿。你是个不值一提的小人，我还这么正儿八经地和你说话，真是太傻了。”

他沉默了一会儿。基蒂从他那双蓝眼睛里掠过的一丝阴影看出，他生气了。当最后他以一贯圆滑客气的方式向基蒂道别后，他一定会长舒一口气。基蒂想到两人握手道别，他预祝她一路顺风时，而她也对他的招待表示谢意，就不由得哑然失笑。这时，基蒂注意到他的面部表情发生了变化。

“多萝西和我说你怀孕了。”他说。

她脸色骤变，但并未失态。

“是的。”

“我有可能是孩子的父亲吗？”

“不，不，孩子是沃尔特的。”

她忙不迭地极力否认，但是话出口后，她自己都觉得是在欲盖弥彰。

“你确定吗？”此时他幸灾乐祸地笑着，“想想看，你和沃尔特结婚两年，却始终没有怀孕。从时间来看，我认为这孩子更可能是我的，而不是沃尔特的。”

“我宁愿去死也不愿给你生孩子。”

“哦，好了，别胡说了。如果是我的孩子，我将十分高兴和自豪。你知道我想要个女儿，我和多萝西只生了几个男孩。用不了多久你就会确定了，因为我的三个孩子和我长得一模一样。”

他又变得满面春风了，基蒂知道其中的缘由。假如这孩子是他的，尽管她有可能再也不见这个负心汉，但绝不能彻底摆脱他。他的魔爪会缠着她，尽管朦胧不清，但明确无疑，他的阴影必定会影响着她此生的每一天。

“你就是个自大愚蠢的混蛋！我一定是造了什么孽才遇见你。”她说。

第七十八章

轮船驶入马赛港时，基蒂一直在望着阳光照耀下美丽曲折的海岸线。忽然，她看见了圣母玛利亚的金色塑像，它就耸立在圣母玛利亚大教堂的屋顶上，它是出海远航之人的守护神。基蒂回想起梅潭府修道院的那些修女也曾提到过这尊雕像。当初她们决心背井离乡，乘着轮船越行越远时，一边看着圣母像越变越小，小得就像湛蓝天空下的一簇金色火苗，一边全体跪在甲板上祈祷，借以减轻离别的痛苦。基蒂也双手合十，向她道不出名的神灵祈祷。

在这漫长而又平静的旅途中，基蒂一直思考着那件可怕的事。她无法看清自己，她的所作所为完全出乎自己的意料。到底是什么在支配着她，使她即便极度鄙视查利，却还激情难耐地投入了他那龌龊的怀抱？怒火在胸口燃烧，厌恶感袭上心头。她觉得这辈子也不会忘了这羞耻，不禁失声痛哭。可是随着船离香港越来越远，她发觉心中的怨恨之情渐渐变淡了。那件事好像发生在另一个世界里，她就像一个突然心智失常而随后又恢复清醒的人，对既往种种记忆朦胧，既为失去理智时做的那些荒唐事感到悲哀与羞耻，又认为自己是不由自主而可以得到宽容。基蒂心想宽宏大量的人可能会同情她，而不是谴责她。但是一想到自己的自信心因此悲哀地化为乌有，她又不禁叹了口气。之前，她憧憬着面前有条康庄大道，而现在她清楚那只是条崎岖曲折、陷阱遍布的小路。望着广阔无边的大海和印度洋上那凄美的落日，她的心情渐渐平静了下来。她似乎来到了另一个国度，在这儿她能够自由地支配自己的灵魂。如果非得经过痛苦的斗争才能找回自己的尊严，好吧，那就鼓起勇气面对吧。

未来的日子将是孤独而艰难的。船到塞得港时，她收到了母亲给她回的电报。回信很长，字迹大而华丽，她母亲那个年代的年轻姑娘都练过这种字体。这封信辞藻华丽，措辞讲究，让人不免对写信人的真情实意表示怀疑。加斯廷太太在信中对沃尔特的去世表示哀悼，对女儿的悲痛深表同情。她担心基蒂日后经济拮据，不过她会获得一笔抚恤金。得知基蒂即将回国，她很高兴，还提到女儿本应与父母住在一起，其余等孩子出生后再做打算。接着她在信中吩咐了基蒂一些务必要遵循的事宜，还细说了基蒂的妹妹多丽丝分娩时的情况。多丽丝的儿子出生时胖乎乎的，连亲家公都说这是他见过最为健壮的宝贝。多丽丝如今又怀孕了，全家人都希望再添一个男孩，确保准男爵的爵位世袭万无一失。

基蒂注意到这封信的关键信息是邀请她回家的时间期限。加斯廷太太不愿让经济拮据且又丧夫的女儿回来加重自己的负担。母亲曾经对她宠爱有加，而今对她大失所望，视她为累赘。每思及此，基蒂都倍感世事无常。孩子与父母之间的关系多么微妙啊！孩子年幼时，父母溺爱他们，偶染微恙都会让他们心急如焚。那时孩子们对父母也是崇敬热爱，依赖不已。数年后，孩子们长大成人，与他们毫无血脉关系的人取代了父母的地位，成为给他们带来幸福的人。过去那种盲目本能的爱逐渐被漠不关心所取代，连彼此见面都能带来烦躁与恼怒。曾经分别一月都会朝思暮想，如今即便是成年累月不见也能泰然处之。其实她的母亲不必忧心，基蒂会尽快找个地方安顿下来。不过怎么也需要一些时间，眼下她对一切毫无头绪，对未来也还没有谱。说不定生孩子的时候她就会难产而死，那样的话，倒是一了百了了。

船靠码头后，基蒂又收到两封来信。她认出其中一封是父亲的笔迹，这使她大为震惊，因为她记得父亲从未给她写过信。信以“亲爱的基蒂”开头，口吻倒不见得深情亲切。他告诉基蒂这一次由他来代笔，因为她母亲身体欠佳，需住院接受手术。基蒂收到信后并不紧张，仍按原计划绕道乘船回国，因为走陆路的开销要大得多，而且母亲不在家，自己住在哈灵顿花园的家里也不方便。另一封信是多丽丝寄来的，信的开头写着“基蒂宝贝”，这倒不是因为多丽丝对基蒂姐妹情深，她给任何人写信都是这么开头的。

基蒂宝贝：

我想父亲已经写过信了。母亲必须动手术。去年以来，她的健康状况每况愈下，但你也知道她讳疾忌医，她一直在家服用各类成药。对于她的病情，我知道得不多，她也始终闭口不提，要是向她追问起此事，她还会勃然动怒。她的情况看起来糟糕极了，如果我是你，我会立刻从马赛动身，尽早赶回来。但请不要告诉她是我叫你赶回家的，她一直在假装自己并无大碍，希望在你到家前能病愈回家。她逼着医生一周内就让她出院回家。

最爱你的

多丽丝

又及：我对沃尔特的去世深表遗憾。可怜的宝贝，这段日子你一定备受煎熬。我迫不及待地想见到你。说来倒有趣，我们俩都要生孩子了。我们姐妹俩要携手同心。

基蒂在甲板上站着，陷入了沉思。她怎么也想不到母亲竟然生病了。记忆中，母亲向来是位性格活泼、坚毅果敢的女性，对他人的头疼脑热也总是很不耐烦。这时，一位船员走过来，递给她一封电报。

沉痛告知你母已于今晨去世。父亲。

第七十九章

基蒂走到哈灵顿花园的家门口，按响了门铃。前来开门的仆人告诉她，她的父亲在书房里。基蒂走到书房门口，轻轻地推开了门，发现父亲正在看昨天的晚报。他抬起头来，放下报纸，颤巍巍地站了起来。

“哦，基蒂，我还以为你会乘坐下一班火车回来呢。”

“我不想麻烦您去接我，所以就没给您发电报告知行程。”

他向前探出身子，伸过脸去让女儿亲吻。基蒂对父亲的这一习惯记忆犹新。

“我刚才正在看报。”他说，“我已经两天没有看报了。”

基蒂看得出，父亲是觉得要是在这时候还把心思花在日常琐事上，总得解释一下。

“当然，”她说道，“您一定累了。妈妈的去世对您是个极大的打击。”

和离家时比，基蒂觉得父亲看上去更加苍老了，身子骨也更单薄了。如今，他是个满脸皱纹、动作呆滞的瘦小老头，行事依然一丝不苟。

“医生说你妈妈早已没有痊愈的希望了。近一年多来，她的身体状况很糟，但是她拒绝就医。医生对我说她肯定时常受到病痛的困扰，还说她能忍下来简直是个奇迹。”

“她从来没叫苦叫痛吗？”

“她说过她的身体不是很舒服，但是从未抱怨过疼痛。”他停了一会儿，望了望基蒂，“这么远的路，你一定很累吧？”

“还好。”

“你想上楼看看你母亲吗？”

“她在这儿？”

“是的。已经从医院运回家里了。”

“好的，我这就去看她。”

“要我陪你去吗？”

基蒂听出父亲语气有异，于是迅速地朝父亲看了一眼。他把脸略略错开了，不愿让女儿看见他的眼睛。基蒂早已学会了如何揣摩他人的心思，毕竟她每天都得从沃尔特的只言片语和不经意的举手投足间琢磨他脑子里的想法。此刻她已经看出父亲想要掩饰什么了——是一种解脱，一种发自内心的解脱，他对此感到惊恐。在过去的三十年里，他一直扮演着称职忠诚的丈夫的角色，从未对妻子指责过半句，而现在他理应悲痛万分地哀悼她。他从来都是按照他人的期望行事，而今他自己身上的一个眼神或不慎的举动已表明，他此刻的真情实感并非新近丧妻之人应有的悲痛，他因此感到异常震惊。

“不，我还是自己上去吧。”基蒂说道。

她上了楼，走进那个宽敞阴冷、华丽做作的房间，这就是母亲住了很多年的房间。她清晰地记得房间里的笨重红木家具以及镶嵌在墙上的模仿马库斯·斯通[①]作品的版画。梳妆台上的物品摆放与加斯廷夫人生前毫无二致，这是她生前惯有的要求，但屋内摆放的花束似乎与周围环境格格不入。加斯廷夫人一定会认为在房间里摆放花束是愚蠢做作，也是有害健康的行为。花香没有掩盖住那股像是刚洗过的亚麻织物所散发出来的刺鼻霉味，在基蒂的记忆中，这种气味是母亲房里所独有的。

加斯廷夫人躺在床上，双手温顺地交叉在胸前，在她活着的时候，她绝不允许自己做出这种姿势。她的面部轮廓分明，尽管因病痛折磨，面颊和两鬓均已凹陷，但看上去依然仪态端庄，甚至还有几分

① 马库斯·斯通（Marcus Stone，1840—1921）：英国画家。

威严的架势。死亡已将尖酸刻薄从她脸上抹去，但仍留下了这种性格的印迹。她看上去就像是一位罗马皇后。基蒂觉得奇怪，在她见过的遗体中，唯有眼前母亲的遗体保留的音容笑貌能让她想起肉体曾是灵魂的居所。她没有感到悲哀，她们母女之间常常剑拔弩张，因此基蒂的心里对母亲没有很深的感情。回忆起自己的成长经历，基蒂知道自己今天的一切都是母亲一手造成的。然而这个生前冷酷无情、盛气凌人、野心勃勃的女人，如今夙愿未尽就静静躺在了那儿，多少让她隐隐生出悲悯之情。一辈子精于算计、钩心斗角，只为了追求那些低级无聊之物。基蒂心想，母亲在另一个世界里若回顾一下自己在人世间走过的路，应该会感到愕然吧。

多丽丝走了进来。

“我猜你会乘这班火车回来。我觉得我应该来看望一下，真是太可怜了，亲爱的妈妈。”

她突然哭了起来，扑到了基蒂的怀里。基蒂亲吻了她。她知道妈妈当初宠爱她而对多丽丝疏于关爱，甚至对她十分粗暴，因为她长相平平，生性驽钝。基蒂想知道多丽丝究竟是真情流露，还是故作悲伤。不过多丽丝向来易动感情。基蒂倒希望自己也能哭出来，否则肯定会让多丽丝觉得她太铁石心肠了。可是基蒂觉得自己经历过太多苦难了，已经无法装出那种虚情假意的悲伤。

“你要去看看爸爸吗？”等多丽丝的情绪稍微平复了一些，基蒂问她。

多丽丝擦干了眼泪。基蒂注意到她有孕后身材已经走形，再加上穿着黑衣，更显得邋遢臃肿。

“不了，我不想去。去了只会再哭一回。可怜的老父亲，他勇敢地经受住了这次的打击。”

基蒂把妹妹送到大门口，然后回到父亲的书房。他站在火炉前，报纸已经整齐地叠放起来了。他想向女儿表示，他没有再读报了。

“我还没换上用餐的服装，”他说，“我觉得没有必要了。”

第八十章

晚饭期间，加斯廷先生向女儿详细地介绍了她母亲生病和去世时的情况，还说收到了许多朋友寄来的吊唁信（桌上放着一堆的吊唁信，一想到要给这些朋友一一回信，他不禁连声叹气），并向基蒂介绍了葬礼的安排情况。然后他们回到书房，这是房子里唯一配有壁炉的房间。他机械地从壁炉上拿起烟斗，开始装烟丝，但是他迟疑地朝女儿望了一眼，又放下了烟斗。

“你不抽烟了？”基蒂问道。

“你母亲不喜欢在晚餐后闻到烟味，战争后我就不抽雪茄了。”

他的回答让基蒂一阵心酸。一位六十岁的老人想在自己的书房里抽烟都要迟疑不决，这多可悲啊。

“我倒挺喜欢烟味呢。”基蒂微笑着说。

父亲脸上露出了宽慰的神色，随即又拿起烟斗点燃了。父女俩在炉火两边相对而坐。他觉得有必要谈谈女儿面临的麻烦。

“我想你收到了你母亲寄到塞得港的信。沃尔特的去世让我们都大为震惊。我觉得他是一个很好的小伙子。”

基蒂不知道该怎么回答。

“你母亲告诉我你怀孕了。”

“是的。”

“预产期在什么时候？”

“大约四个月后。”

“这对你来说将会是莫大的安慰。你得去看看多丽丝的孩子，那个小家伙长得很可爱。”

他们的谈话比萍水相逢的陌生人更显生分。因为假如彼此不熟悉，还会对对方产生一星半点的好奇，但是过去共同的生活经历反而成了一道横亘在双方之间的冷漠的墙。基蒂很清楚自己所做的一切都不足以获得父亲的宠爱。父亲在家里一向没有地位，这个本该养家糊口的人不能为家庭提供更豪华舒适的生活，因此受到鄙视是自然而然的事。基蒂曾经认为父亲疼爱女儿是理所当然的事情，但她现在吃惊地发现父亲内心深处对她没有丝毫感情。她清楚全家人都对他烦透了，却没想到父亲对她们母女三人也是一样厌烦至极。他依旧如往常般和蔼、谦恭，但是在磨难中练就的洞察力让她不无难过地察觉到父亲打心眼里讨厌她，尽管他从来没承认过，也绝不会承认。

他的烟袋似乎堵住了，站起身来想找点东西通一下。或许这只是为了掩饰他的紧张不安。

“你母亲希望你住在这儿，直至孩子出生。她本来想把你原来的房间整理好。”

“我知道了。我在这儿不会给您添麻烦的。”

“哦，别这么说。事已至此，你也无处可去，只能到父亲这儿来。不过问题是我已被任命为巴哈马群岛[①]的首席法官，而且我也答应赴任了。”

“哦，爸爸，这真令人高兴。我衷心地祝贺你。”

“这个消息来得太迟了，我还没来得及告诉你妈妈。不然这一定会让她觉得心满意足的。”

真是命运弄人！加斯廷太太一辈子绞尽脑汁、苦心经营、饱受挫折——虽然在屡遭失望后目标也有所降低——却在最后即将得偿所愿之际撒手人寰。

“下个月初我就得乘船前去赴任。当然，这房子会交给房产中介处理，我的想法是把这些家具都一并卖掉。我很抱歉不能把你留在这

① 巴哈马（Commonwealth of the Bahamas）：位于大西洋西岸，地处美国佛罗里达州以东，古巴和加勒比海以北。

儿，不过你找到住处后，如果需要这儿的家具，我会非常高兴地送给你。”

基蒂望着火炉，心跳加速，她突然感到莫名的紧张，最终还是鼓起勇气开口了，嗓音却有些颤抖。

“爸爸，我不能和你一块儿去吗？”

“你？哦，亲爱的基蒂。”他的脸色沉了下去。她之前也常听到他这么叫她，都把它当成口头禅，这是第一次见他带着这种神色对她说出这句话，这着实吓了她一跳。“但是你所有的朋友都在这儿，多丽丝也在这儿。我曾想着住在伦敦会让你更高兴些。你的经济状况我不是很了解，但我愿意替你付房租。”

“我的钱足够维持生活。”

“我要去的是一个陌生的地方，对那儿的情况我一无所知。”

“我已经习惯到人地生疏的地方去了。伦敦现在对我来说已经毫无意义了，在这儿我感觉窒息难受。”

他闭上了眼，基蒂怀疑他会哭出来。他的脸上露出了十分痛苦的表情，这让她心如刀绞。她的猜测是对的，母亲的去世让父亲如释重负，如今和过去彻底决裂的机会来了，自由来临了。崭新的生活在他面前展现，经过了这么多年的压抑，他渴望的安宁与幸福也不再是可望而不可即的了。她隐约看到了三十年来父亲内心所忍受的所有痛苦。过了一会儿，他睁开了双眼，情不自禁地叹了口气。

“当然，如果你愿意和我去，我也很高兴。”

真可怜，他只稍作挣扎便向他应尽的责任屈服了。仅仅这只言片语，就让他所有的希望都破灭了。她从椅子上站起来，走到他跟前，跪在地上，握住了他的双手。

“不，爸爸，除非你需要我，否则我是不会去的。你牺牲得已经够多了。如果你想一个人去，你就走吧，不必为我考虑。”

他抽出一只手，抚摸着她的秀发。

“亲爱的孩子，我当然需要你。毕竟我是你的父亲，而你如今也是个孤苦伶仃的寡妇。既然你想要跟着我，我要是不答应，那就显得太不近人情了。”

“但问题就在这儿。我不能因为我是你的女儿就强求你，你并不亏欠我什么。”

“哦，我亲爱的孩子。”

“什么都不欠。”基蒂激动地说，“当我想到一辈子都靠你养活，可是却没有给你哪怕一丁点的回报，我就十分愧疚。我们甚至对你没有一丝情意。我想你的生活并不幸福，难道你就不能给我个机会，让我对过去做出一些弥补吗？”

他的眉头微微皱起，对她这突如其来的情感流露有些尴尬。

“我不清楚你的意思。我从来也没有抱怨过你们。”

“哦，爸爸，我经历了太多的磨难与不幸。我已经不再是当初离家时的那个基蒂了。我依旧十分脆弱，但我绝不是曾经那个卑鄙无情的人了。你不能给我个机会吗？在这个世界上，除了你我已经举目无亲。让我试着使您爱我吧。哦，爸爸，我非常孤独，非常痛苦，我渴望得到您的爱啊。”

基蒂把脸贴在他的膝盖上，悲痛欲绝地哭了起来。

“哦，我的基蒂，我的小基蒂。”他含含糊糊地说道。

基蒂抬起头来，用双臂搂住了父亲的脖子。

“哦，爸爸，对我好吧，让我们相依为命吧。”

他亲吻了她，在嘴唇上，就像恋人那样，脸颊上沾满了她的泪水。

“你当然可以和我一起去。”

“您愿意带上我吗？您真的需要我去吗？”

“是的。”

“太感谢您了。”

“哦，亲爱的，不要对我说那样客套的话，那使我有些窘迫。”

他拿出手帕擦干了基蒂脸上的眼泪，脸上露出了她未曾见过的微笑。她再次伸出手臂搂住父亲的脖子。

“我们将会开始幸福的生活，亲爱的爸爸。你想不到我们今后的生活将会有多快乐。”

“别忘了，你就快生孩子了。”

“我很高兴，我的女儿将出生在一个碧海蓝天、海浪拍岸的地方。”

“你已经肯定这会是个女孩？”他轻声问，脸上挂着淡淡的干涩的微笑。

“我希望是个女孩，因为我想把她抚养成人，让她不要重蹈我的覆辙。当我回想起早年的自己是什么模样时，我非常痛恨我自己，可是后悔也来不及了。我要把女儿养大，教她自由、自立。我把她带到这个世界上，爱她，养育她，绝不是为了让她能找个仅仅因为想和她睡觉才愿意一辈子供养她的男人。”

基蒂发觉父亲的身体僵住了。他自己从未讲过这些话，而这话却从女儿的嘴里说出来，这令他惊愕万分。

“爸爸，恕我直言，就这一次。我之前是个愚蠢、邪恶、可憎的女人。我已经得到了严厉的惩罚。我绝不会让我的女儿重蹈覆辙。我希望她是个勇敢无畏、心胸坦荡的人。我要把她培养成一个独立的人，一个能够掌握自己命运、不依赖他人的人。我要让她能够自由自在地生活，而且要比我活得更好。”

“怎么啦，亲爱的孩子，你的话老气横秋，像是五十岁的人说的。你今后的路还长着呢，千万不要灰心丧气。”

基蒂摇了摇头，脸上渐渐露出了微笑。

“我没有灰心丧气，我还有希望与勇气。”

往事已矣，逝者如斯，这样的想法无情吗？她真心希望自己已经学会了怜悯与慈悲。她不清楚未来会怎么样，但是她心里已经准备好了，不管发生什么，她都会用轻松乐观的态度去面对。这时，不知何故，她的意识深处好像浮现出了一段回忆，那是她和沃尔特一同前往那座让他丢了性命的瘟疫之城的路上所见之景：那天天还没亮，他们就乘坐轿子出发了。天色渐亮后，她用心感受到了一幅令人屏息的美景，瞬间减轻了她心中的痛苦。她似乎觉得人间的一切苦难都不算什么了。旭日东升，驱散了迷蒙的雾气，她看见一条崎岖蜿蜒的小路展现在眼前。这条路穿过稻田，跨过小河，越过高低起伏的乡野，一直延伸到目所不能及的远方。假如沿着眼前这条依稀可辨的小路前行，或许她所做过的错事蠢事、所经受的苦难，就不是完全没有意义的。这条路并不是善良可笑的沃丁顿老头所说的那条通往虚无的“道”，而是修道院谦逊的修女们所追寻的人间之道——一条通往安宁与平静的阳光大道。

译后记

在文学的浩瀚宇宙中，自谦“处于二流作家中前列”的威廉·萨默塞特·毛姆（William Somerset Maugham）无疑是一颗璀璨的明星。他以深邃的洞察力、精湛的文笔、独特的视角，细细描摹着人物群像，将故事娓娓道来，引领读者在文字的墨香中感受生命的深刻内涵。

《面纱》创作于1925年，是毛姆以20世纪初的中国为背景写的一部长篇小说。彼时，东西方文化激烈碰撞，社会变革如潮涌动，毛姆以其敏锐的洞察力，捕捉到了这一时代背景下人们的迷茫与追求，讲述了一个关于爱情纠葛、背叛之痛、自我觉醒与灵魂救赎的故事，细腻勾勒了情感的波澜起伏，深刻探讨了人性在困境中的挣扎与觉醒。

在快节奏的当代社会，读者对于文学作品的期待早已超越了简单的娱乐消遣，他们更渴望在阅读中获得心灵的触动与慰藉。也正是因此，文学翻译不仅仅是文字的转换，更是思想的传递与情感的共鸣。鉴于《面纱》译本早有珠玉在前，重译实属不易。此次翻译，译者在尊重原著精髓的基础上，保持原著的叙事节奏和风格特色，融入现代读者的阅读习惯和审美需求，力求让当代读者在享受文字之趣的同时，也能深切地感受到作品中的情感力量、人性洞察和人生哲理。

希望《面纱》能引导读者走进毛姆构建的文学世界，与主人公一同经历情感的跌宕起伏和人生的波折坎坷，从中汲取心灵的养分，实现精神的成长，从而更加深刻地理解人性、爱情与道德的真谛。

陈　隽

2024年7月于榕城福建农林大学国际学院